W0334241

Wonka

INSPIRÉ DE
CHARLIE ET LA CHOCOLATERIE
DE ROALD DAHL

Wonka

Écrit par **SIBÉAL POUNDER**
D'après un scénario de **SIMON FARNABY** et **PAUL KING**
Une histoire de **PAUL KING**

Traduit de l'anglais
par **ISABELLE TROIN**

GALLIMARD JEUNESSE

Publié pour la première fois en 2023 par Puffin Books,
une marque du groupe Penguin Random House
Texte écrit par Sibéal Pounder
© The Roald Dahl Story Company Ltd, 2023, pour le texte
© Warner Bros. Entertainement Inc., 2023, pour l'histoire
© Warner Bros. Entertainement Inc., 2023,
pour le visuel du film en couverture, tous droits réservés
© Éditions Gallimard Jeunesse, 2023, pour la traduction française
Traduction des termes spécifiques en lien avec le film *Wonka*
réalisée en collaboration avec Margaux Lamy et Anaïs Duchet

ROALD DAHL est une marque déposée de The Roal Dahl Story Company Ltd
© & TM Warner Bros Entertainement Inc., pour WONKA
et tous les personnages et éléments rattachés à cette histoire

COMMENT WILLY DEVINT WONKA : LE RÉCIT D'UNE AVENTURE EXTRAORDINAIRE

Le film *Wonka* a été inspiré par le personnage de Willy Wonka, le merveilleux chocolatier de *Charlie et la chocolaterie.* À partir du roman de Roald Dahl, Paul King et son coscénariste, Simon Farnaby, ont imaginé comment le plus grand inventeur, magicien et chocolatier du monde est devenu le Willy Wonka que l'on connaît aujourd'hui. Cette histoire a été adaptée et écrite par la talentueuse autrice de best-sellers Sibéal Pounder, dont les récits pour la jeunesse sont pleins d'humour, de personnages fascinants, et bien sûr de magie !

PROLOGUE

VOILÀ WONKA

Certains enfants sont nés pour devenir chocolatiers. Tel était certainement le cas de Willy Wonka.

Pourtant, pendant bien longtemps, nul n'aurait pu envisager une telle chose. Pour commencer, le jeune garçon ne mangeait presque jamais de chocolat. En vérité, il n'en mangeait qu'*une seule* tablette par an.

Un jour, quand il serait grand, il vivrait dans la plus **GRANDE** et la plus fabuleuse chocolaterie du monde. Mais enfant, Willy Wonka habitait sur le plus petit bateau du monde. C'était une vieille péniche, avec un gouvernail peint de rayures multicolores et une cabine douillette, munie de rideaux cousus à la main. Elle ne contenait qu'un lit une place (où dormait Willy) avec une couverture en tricot toute douce, un fauteuil (où dormait sa mère), un poêle et une cuisine meublée de placards branlants et d'une table rongée par les vers. À cette table, les vers faisaient toujours de meilleurs repas que les Wonka.

Tout dans le début de cette histoire est **PETIT** : le petit garçon, la petite quantité de chocolat, le petit bateau et la petite famille qui vivait à son bord. La famille de Willy Wonka était aussi petite qu'une famille peut l'être, puisqu'elle se composait juste de lui et de sa mère.

Ils avaient amarré leur péniche le long d'une PORTION calme de la rivière, et comme peu de citadins s'aventuraient jusque-là, ils avaient souvent la berge verdoyante pour eux seuls. C'était l'un des endroits préférés de Willy. Il y avait de l'herbe haute dans laquelle se prélasser, piquetée de boutons-d'or, et des rhododendrons aux fleurs roses, mauves et rouges. Ce que Willy aimait par-dessus tout, c'était le **GIGANTESQUE** saule pleureur, dont les branches épaisses s'inclinaient au-dessus de la péniche avant de plonger dans la rivière. Il considérait cet arbre comme un membre de sa famille, le protecteur végétal de leur vie petite mais grandiose.

Bien entendu, peu de gens auraient considéré leur vie comme grandiose, mais c'était pourtant le cas de Willy Wonka. Il voyait ce qui échappait aux autres, car il possédait une merveilleuse imagination. Un jour, son imagination deviendrait aussi célèbre que son chocolat, mais avant d'appartenir au monde entier, elle était petite, neuve et n'appartenait qu'à lui. C'était sa mère qui la nourrissait et lui permettait de grandir follement, pour atteindre des endroits où aucune imagination ne s'était jamais aventurée auparavant.

Et puis, il y avait le chocolat. Cette unique tablette. Ce n'était pas grand-chose, mais cela suffisait à Willy, parce que c'était la meilleure tablette de chocolat du monde.

Sa mère la préparait pour son anniversaire et, à l'approche de ce jour si spécial, il sentait l'excitation **PÉTILLER** en lui, si fort qu'il lui semblait être sur le point d'exploser.

Le rituel de fabrication était toujours le même : la veille du grand jour, sa mère renversait un sac de fèves de cacao sur la table et les comptait soigneusement. Willy la regardait les ramasser une par une et se mettait à saliver. Sa mère mettait toute une année à économiser assez d'argent pour acheter la quantité nécessaire à la confection d'une tablette, et Willy voyait qu'elle était aussi heureuse de la préparer que lui de la manger.

Quand elle avait fini de compter, elle jetait les fèves dans une casserole et commençait à les broyer, à fouetter et à touiller. Une vapeur parfumée au chocolat envahissait la pièce, si **ÉPAISSE** et si alléchante que Willy avait l'impression d'être emporté sur un succulent nuage. Oh, comme il aimait regarder sa mère remuer la mixture bouillonnante !

Tandis qu'elle faisait sa magie, il se remplissait les poumons de l'odeur riche et lourde, convaincu qu'il n'existait pas de plus belle aventure au monde que regarder sa mère préparer du chocolat.

Bientôt, la délicieuse tablette l'attendrait sur la table, et il passerait le reste de la journée à se promener avec une moustache de chocolat fondu et un immense sourire.

C'était ainsi tous les ans, et c'était parfait.

– Tu sais, maman, lança Willy une année alors qu'ils s'affairaient, **BLOTTIS** autour de la table, je parie que tu fais le meilleur chocolat du monde. Je goûterai tout le chocolat qui existe juste pour le prouver !

– Tu sais d'où vient le meilleur chocolat du monde, à ce qu'il paraît ? répliqua sa mère en regardant autour d'elle comme si elle s'apprêtait à révéler un grand secret. Des Galeries Gourmet. C'est là que les meilleurs chocolatiers ont leur boutique.

– Leur chocolat ne peut pas être meilleur que le tien, maman ! protesta Willy. C'est impossible.

Elle sourit.

– Eh bien, il se trouve que j'ai un petit truc que même ces messieurs distingués ignorent.

– Qu'est-ce que c'est ? demanda Willy en se rapprochant d'elle.

Il voulait connaître le truc de sa mère, plus qu'il n'avait jamais eu envie de connaître quoi que ce soit d'autre.

– Un jour, je te le révélerai. Maintenant, pendant que le chocolat prend, veux-tu ouvrir ton cadeau ?

– On devrait y aller, maman ! s'écria soudain Willy, la faisant sursauter.

– Aller où ?

– Aux Galeries Gourmet ! répondit-il en sautillant d'excitation. On devrait ouvrir une boutique.

Intriguée, sa mère leva un sourcil.

– Qui ça, nous ?

– Oui ! Avec notre nom au-dessus de la porte, et tout et tout. **WONKA !** Les gens du monde entier voudraient manger notre chocolat. Imagine comme on pourrait les rendre heureux !

Sa mère fit tomber un peu de poussière de cacao de son tablier et sourit.

– Oh, je vois ça d'ici. Une boutique élégante, avec des tables couvertes de grandes piles de chocolat !

Willy écarquilla les yeux tandis que le lieu se dessinait dans son esprit.

– Et les tables elles-mêmes seraient en chocolat ! Toute la boutique serait *bâtie* en CHOCOLAT !

Sa mère rayonnait.

– Quel rêve merveilleux, Willy !

Les épaules du petit garçon s'affaissèrent.

– Ce n'est rien de plus ? Juste un rêve ?

– Voyons, dit-elle, toutes les belles choses en ce monde ont commencé par un rêve. Alors, accroche-toi au tien. Et le jour où tu partageras ton chocolat avec le monde entier, je serai à tes côtés.

– Promis ? chuchota-t-il.

– Promis juré, acquiesça sa mère en souriant. Le plus fort de tous les serments.

Puis elle prit le bout de papier qu'elle destinait à emballer le chocolat et écrivit Wonka avec des arabesques sur le W, avant de colorier soigneusement l'intérieur des lettres.

Lorsqu'elle eut fini, elle tendit à son fils un paquet enveloppé de papier journal.

– Ton cadeau, dit-elle. Le magicien de la ville la vendait. Il m'a fait un bon prix.

Rayonnant, Willy arracha le papier journal, dont l'encre lui tacha les doigts.

À l'intérieur, il trouva une redingote. Il l'enfila. Ses mains descendaient à peine plus bas que les coudes.

– Elle t'ira quand tu seras plus grand, déclara sa mère. Un jour, elle sera parfaitement à ta taille, et tu vivras de merveilleuses aventures avec !

La redingote était accompagnée d'un HAUT-DE-FORME. Lentement, Willy le posa sur sa tête et se leva.

Sa mère lui tendit la petite tablette de chocolat

encore tiède, qu'il prit dans ses mains en coupe tel un objet fragile et précieux.

– N'oublie pas le ***MEILLEUR***, dit-elle en lui faisant un clin d'œil.

Avec un sourire radieux, Willy glissa le chocolat dans sa poche.

Et voilà, c'était lui.

Willy Wonka, avec sa redingote violette et son élégant haut-de-forme.

1

LA CITÉ DES RÊVES

SEPT ANS PLUS TARD

Willy se tenait sur le pont d'un vieux bateau de pêche, enveloppé de brouillard et un sourire éclatant aux lèvres. Les marins burinés s'affairaient autour de lui, et le jeune Mr Wonka ne semblait pas du tout à sa place avec son gilet vert pomme et son foulard multicolore.

– Sept ans que je navigue, dit-il à l'homme le plus proche qui, occupé à **RÉCURER** une caisse, l'écoutait à peine. Mais il est temps que je me lance dans une nouvelle aventure. Bientôt, j'atteindrai ma prochaine destination.

– Vraiment ? répondit le pêcheur.

Depuis le temps, tout le monde à bord s'était habitué aux drôles d'histoires et aux idées fantaisistes de Willy.

– À chaque minute, les flots me rapprochent de mes rêves, déclara Willy sur un ton grandiloquent.

– Et où se trouvent-ils ? s'enquit le pêcheur.

Avec un large sourire, le jeune homme désigna l'horizon. Là, scintillant d'un éclat vif dans le soleil hivernal, se dressait la cité dans laquelle il avait placé tous ses espoirs. Elle semblait encore plus merveilleuse qu'il ne l'avait imaginée, immense, magnifique et… Il renifla un grand coup. Le meilleur, c'était l'*odeur*. Malgré la distance, l'endroit embaumait le chocolat. C'était un parfum **DIVIN**… même quand il se mélangeait à celui des tonneaux pleins de poissons.

Willy sortit une petite tablette de sa poche. Les couleurs de l'emballage fait maison s'étaient un peu estompées depuis le temps, mais on distinguait toujours l'écriture de sa mère. Il fit courir un doigt sur les arabesques.

La cloche du port sonna dans le lointain.

– TERRE EN VUE ! s'écria Willy.

– Ils ne comprendront pas ce qui leur arrive, Mr Wonka, gloussa le pêcheur avant de s'éloigner pour préparer l'amarrage.

Willy huma une dernière grande bouffée d'air chocolaté avant de regagner la salle des moteurs en trottinant. Là, il récupéra sa fidèle redingote violette et son haut-de-forme, une valise cabossée et un objet très spécial qu'il avait fabriqué lui-même : une longue canne surmontée d'un pommeau doré scintillant. Sa fébrilité lui donna le **TOURNIS** comme il posait distraitement le chapeau sur sa tête, l'ôtait, le fourrait sous son bras, puis levait sa canne et la calait sur son épaule avant de la retirer. C'était comme si, submergé par l'EXCITATION, il en avait oublié la façon correcte de porter un chapeau et de tenir une canne.

Une toux polie le fit sursauter. Faisant volte-face, il découvrit le regard bienveillant du capitaine posé sur lui. C'était un homme de haute taille, avec une barbe aussi longue que sa carrière en mer (le temps nécessaire pour qu'elle lui pousse jusqu'aux genoux).

– Tiens, dit le capitaine en tendant devant lui un poing buriné qu'il ouvrit, révélant une bourse remplie de pièces.

Willy regarda à l'intérieur.

– Douze souverains d'argent ? s'écria-t-il, stupéfait.

C'était plus qu'il n'avait jamais tenu dans sa main, et il crut qu'il allait s'écrouler sous le poids d'un pécule aussi **GÉNÉREUX**.

– Tes gages, plus un petit supplément pour tous les délicieux chocolats que tu nous as préparés, expliqua le capitaine. On s'est tous cotisés, et ce n'est pas grand-chose – pas pour la grande ville – mais j'espère que ça t'aidera à démarrer. Bonne chance à toi, fiston.

Une **SECOUSSE** parcourut le bateau comme il accostait le quai. L'embarcation grogna, et Willy enfonça fermement son haut-de-forme sur sa tête.

– Merci, capitaine, dit-il, la nervosité menaçant de le submerger telle une lame de fond.

Une grue était en train de soulever une caisse hors de la cale. Willy sauta dessus et s'éleva dans les airs, laissant le capitaine un sourire amusé aux lèvres.

– Vous auriez pu utiliser la passerelle ! lança le pêcheur qui était en train de la mettre en place comme Willy le survolait. Si vous m'aviez laissé une seconde…

– Je n'ai pas de temps à perdre, lâcha le jeune homme dans sa direction.

Il s'immobilisa tandis que la grue soulevait la caisse encore plus haut et pivotait vers le quai. Puis il écarta les bras et cria :

– AUJOURD'HUI, C'EST LE JOUR J ! LE JOUR OÙ LE MONDE ENTIER DÉCOUVRE MON CHOCOLAT !

Aussitôt, quelqu'un s'exclama :

– Il y a quelqu'un sur cette caisse ?

La grue s'arrêta soudain dans un grand crissement métallique. L'opérateur passa la tête hors du poste de contrôle, et son regard croisa celui de Willy.

– C'EST INTERDIT DE S'ASSEOIR LÀ-DESSUS ! s'époumona-t-il, incrédule. DESCENDEZ !

– Si vous insistez, monsieur, acquiesça Willy.

Et, sous les yeux **ÉBAHIS** de la foule qui observait la scène depuis le quai, il plongea vers le sol tête la première. Tous les spectateurs retinrent leur souffle comme il effectuait une culbute en l'air, sans autre musique d'accompagnement que le vent et les battements affolés de son cœur. C'était peut-être impressionnant à voir, mais Willy n'avait pas réfléchi avant de se lancer, et ce fut les yeux écarquillés par la peur que son visage fondit vers la chaussée. Par chance, un camion passait au bon moment pour le rattraper – sans quoi, cette histoire aurait été très courte.

– EN ROUTE VERS MES RÊVES ! s'écria joyeusement Willy avant de faire une pirouette pour atterrir debout sur le toit du camion.

Celui-ci s'éloigna en cahotant vers la ville, laissant derrière lui une foule de spectateurs bouche bée.

Il fila le long d'un majestueux pont de pierre bordé de lanternes chauffantes et s'enfonça dans le cœur de la cité… qui était encore plus merveilleuse que Willy Wonka ne l'avait imaginée – saupoudrée de neige fraîche comme un beignet de sucre glace, et absolument parfaite. Des ruelles pavées intrigantes, bordées de **CHARMANTES** boutiques à la façade peinte en bleu, en rose ou en violet, partaient dans tous les sens en formant un véritable terrier de lapin. Et l'odeur ! Plus ils se rapprochaient du centre, plus elle s'intensifiait. Willy ne put retenir un soupir de **RAVISSEMENT**. Comme le camion traversait la grand-place, il saisit sa chance, empoigna un lampadaire au passage et s'élança dans le vide tandis que le véhicule s'éloignait, le laissant perché en l'air. La place grouillait de monde au point que personne ne l'avait remarqué. Il se laissa glisser le long du lampadaire et atterrit parmi une mer de clients potentiels.

Jamais encore il ne s'était trouvé dans un endroit aussi animé ni aussi bruyant. Il tenta de l'embrasser tout entier du regard, ses yeux filant à droite, à gauche, en haut, en bas et dans toutes les directions intermédiaires. Sur un côté de la place se dressait une imposante cathédrale, avec d'immenses portes en chêne et un toit si haut qu'il semblait toucher le ciel. Il y avait des boutiques à tous les coins de rue, leurs vitrines bourrées de parfums, de chaussures, de livres et de pots de peinture. Plusieurs carrioles qui vendaient de la nourriture faillirent le renverser au passage. La place était bordée de colonnes majestueuses. En son centre, une fontaine sculptée dont l'eau avait gelé scintillait au soleil comme si elle était remplie d'étoiles tombées du ciel.

C'était un endroit d'une **BEAUTÉ** incroyable. Mais le plus beau bâtiment de tous était certainement les Galeries Gourmet.

Willy s'arrêta net à la vue de ses dômes étincelants, de ses portes d'un bleu fascinant, et à son odeur de chocolat pur.

– Ouah, souffla-t-il en contemplant son rêve en face.

Il se sentait léger et pétillant. Un sourire béat étira ses lèvres. Il avait attendu ce moment toute sa vie, et il était enfin…

– UNE CARTE DES RESTAURANTS, MONSIEUR ? cria un homme à son oreille, l'arrachant à ses pensées.

Willy lui tendit un souverain, et en échange l'homme lui remit un plan.

– Vous y trouverez les **MEILLEURS** restaurants de la ville, monsieur.

Et voyant que Willy ne détachait pas son regard des Galeries Gourmet, il ajouta :

– Après tout, on ne peut pas se nourrir que de chocolat !

– Oh, bien sûr que non, acquiesça Willy. Il faut aussi manger des bonbons !

Il déplia la carte pour y jeter un coup d'œil mais, ce faisant, il aperçut quelqu'un accroupi à ses pieds. Un jeune garçon muni d'un chiffon était en train de cirer ses chaussures !

– Euh, excuse-moi, dit Willy.

– Oui, oui, j'ai presque terminé ! répondit l'enfant.

Il sortit un gros tampon lustreur qu'il passa sur le bout des bottes.

– Et voilà, dit-il en tendant la main.

Willy fouilla dans sa mémoire, tentant de se souvenir si, au milieu de toute cette **EXCITATION**, il avait demandé qu'on lui cire les chaussures. Au cas où, il tendit une de ses pièces au garçon et compta ce qui restait de son pécule.

– Seigneur, je n'ai déjà plus que dix souverains.

Au même moment, une charrette de fruits et légumes passa en cahotant près de lui. Willy se saisit d'une citrouille et la renifla. Mais avant qu'il puisse la reposer, un cycliste lancé à toute allure le frôla et lui écorcha les chevilles. La citrouille lui échappa et s'écrasa sur ses bottes.

La marchande le toisa en lorgnant la bouillie orange sur les pavés.

– Ça fera trois souverains, l'ami.

– Trois ? Ça me paraît beaucoup pour un simple légume, répliqua Willy avec un sourire charmeur.

La femme ne se laissa pas attendrir.

– Tu touches ma citrouille, tu la payes ! aboya-t-elle.

Et Willy sursauta si fort que les trois souverains sautèrent de sa main pour aller se poser dans la paume TENDUE de la marchande.

– Ce fut un plaisir de faire des affaires avec vous, dit-elle.

Willy compta les pièces qui lui restaient.

– J'ai cinq, six, sept...

Quelqu'un lui touchait le pied. Le cireur de chaussures était de retour !

Il essuya la purée de citrouille et tendit la main pour qu'on le paye.

– Six souverains d'argent, grogna Willy en lui remettant une autre pièce.

Puis il se dirigea vers les Galeries Gourmet.

– Je brosse votre manteau, monsieur ? lança le jeune garçon en s'élançant à sa suite.

Willy pressa le pas.

– Non, merci.

L'enfant passa devant lui et brandit un flacon ébréché.

– De l'eau de Cologne ?

– Certainement pas : je ne me parfume qu'au chocolat, affirma Willy, laissant le cireur de chaussures perplexe cligner des yeux dans son sillage.

Deux portiers lui ouvrirent et annoncèrent sur un ton grandiloquent :

– Bienvenue aux Galeries Gourmet, monsieur.

Alors, l'arôme le plus doux et le plus délicieux s'échappa dans la rue. Willy manqua d'être renversé par une senteur aussi **EXQUISE**. Il resta planté sur le seuil, balayant du regard l'intérieur des galeries. Pour lui, ce n'était pas une simple arcade pleine de boutiques, mais ses rêves faits de pierre et de verre. Fermant les yeux, il glissa la main dans sa poche pour toucher la tablette de chocolat de sa mère.

– C'est parti, maman, chuchota-t-il.

Puis, d'un pas courageux, il entra.

L'intérieur des galeries embaumait un **PARFUM** de rêves et de chocolat, avec une pointe d'opportunité et un soupçon de... Willy claqua des doigts en cherchant à identifier l'odeur. De cirage ?

Il rouvrit brusquement les yeux et les baissa vers ses pieds où, une fois de plus, le jeune garçon sortait ses instruments.

– NON, dit fermement Willy. Je n'ai plus besoin de tes services, merci beaucoup !

Il poursuivit son chemin, et le cireur de chaussures s'éloigna en quête d'autres souliers à cirer.

Les galeries étaient **SPECTACULAIRES** et grandioses, avec en guise de plafond une verrière qui permettait d'admirer le ciel hivernal.

Mais Willy réalisa bien vite qu'elles étaient grandioses à la façon des choses créées par des gens qui n'ont guère d'imagination. Des murs de marbre coûteux, un sol en mosaïque, des accessoires dorés. Tout en marchant, Willy les redécora mentalement. « Des murs de caramel… Non, ça n'irait pas tout à fait. Des murs qui libèrent un parfum quand on les gratte ! Oui ! Un sol d'herbe comestible. Des poignées de porte en sucettes ! » Il s'arrêta en atteignant une boutique vieillotte devant laquelle il y avait la queue. Les chocolats dans la vitrine, tous de même forme, étaient bêtement disposés en rangées et portaient un nom que Willy reconnut immédiatement : c'était celui d'un des plus CÉLÈBRES chocolatiers du monde.

SLUGWORTH

Toutes les boîtes contenaient la même sorte de chocolats, ne put s'empêcher de remarquer Willy. Comme c'était ennuyeux !

Près de chez Slugworth se dressaient deux autres boutiques tout aussi vieillottes, appartenant aux deux autres chocolatiers les plus célèbres : *FICKELGRUBER* et *PRODNOSE*. Mais l'échoppe suivante était vide. Et elle portait une pancarte marquée *À LOUER*.

Willy s'approcha lentement, incapable d'en croire ses yeux. La peinture était écaillée et une épaisse couche de poussière recouvrait toutes les surfaces. Elle n'était pas en bon état.

Mais elle était **PARFAITE**.

Willy s'imagina en train de vendre ses chocolats avec les autres fabricants. Tous les quatre debout ensemble, la ruée des clients, une mer de visages barbouillés de chocolat, des cris de ravissement. Quatre grands chocolatiers et amis, côte à côte. Il toucha de nouveau la tablette dans sa poche, et soudain le nom Wonka apparut au-dessus de la porte de l'échoppe vide, dans l'écriture de sa mère. Les journaux placardés sur la vitrine s'écartèrent, tels des rideaux, pour révéler des montagnes de chocolats et de bonbons : *ses* chocolats et *ses* bonbons, fantaisistes, bizarres et merveilleux.

Soulevant son chapeau, il en sortit une praline qu'il tendit à un passant. Celui-ci l'engloutit et, aussitôt, se mit à taper des pieds, d'abord lentement, puis de plus en plus vite jusqu'à danser énergiquement. Une autre personne prit un chocolat et se joignit à lui, puis une autre, et encore une autre, jusqu'à ce que tous les badauds tourbillonnent autour de Willy. Lui-même commença à se trémousser tandis que les clients dévoraient ses pralines par poignées entières, **RIANT**, tournoyant et levant bien haut la jambe. Au milieu de cette foule, Willy s'émerveilla de la magie qu'il avait libérée. Les gens aimaient ses chocolats ! C'était sa destinée ! Il avait atteint son but ! Ils aimaient vraiment, vraiment...

– *Hem*, toussota quelqu'un.

Willy sentit qu'on lui tapait sur l'épaule. Aussitôt, l'échoppe retourna à son état décrépit. Les clients qu'il avait imaginés en train de danser se contentèrent de passer d'un pas traînant – l'un d'eux se curait même le nez.

En se retournant, Willy fut **SURPRIS** de découvrir que c'était un policier qui lui avait tapé sur l'épaule : un jeune homme avec des yeux brillants et l'expression sévère de quelqu'un qui s'efforce de paraître plus coriace qu'il ne l'est. Il désigna un panneau dans un coin de l'arcade.

INTERDICTION DE RÊVASSER

– Je crains de devoir vous demander de partir, dit-il en indiquant la porte. Je vous ai vu rêvasser, sauter sur place, sortir de l'air de votre chapeau et tenter de le donner à cet homme avec un doigt dans le nez.

– Interdiction de rêvasser, vraiment ? répéta

Willy, perplexe. Ça tombe très mal, parce que c'est à ça que je passe le plus clair de mon temps.

Il rit, mais le policier ne l'imita pas. Au lieu de ça, il tendit une main.

– L'amende est de trois souverains.

– Trois ? Misère, gémit Willy en fouillant dans sa poche.

Il lui tendit les pièces. Un peu sonné, il se détournait pour partir quand il reçut une giclée d'eau de Cologne en pleine figure ! Le jeune cireur de chaussures SOURIT et lui tendit la main.

– Non ! Je ne te paierai pas ! Pas cette fois ! protesta Willy.

Le policier leva un sourcil.

– *Si*, vous allez le payer, ordonna-t-il comme le garçon levait sa main plus haut. À moins que vous ne trouviez un moyen de lui rendre ce parfum.

– Il ne peut pas ! se réjouit le gamin. Je parie que ses sourcils en sont tout imprégnés !

À contrecœur, Willy sortit une nouvelle pièce. Ses doigts refusèrent de lâcher le métal froid, et le jeune garçon dut la lui arracher. Puis il rebroussa lentement chemin vers la sortie, traînant les pieds au lieu de marcher d'un pas guilleret comme à son habitude.

Willy se dirigea vers le bord de la **RIVIÈRE**. Il se sentait toujours chez lui près d'ubon cours d'eau. Mais il faisait un froid glacial qui lui mordait les joues.

– *Brrr.* On se gèle dans cette ville. Et tout coûte beaucoup plus cher que je ne pensais. Je n'arrive même pas à tenir plus d'un jour avec douze souverains, marmonna-t-il par-devers lui.

Au même moment, il vit une jeune mère et son enfant frissonner sous un pont.

– Vous n'auriez pas un souverain à nous

donner pour qu'on puisse dormir au chaud ? demanda-t-elle.

– Oh, bien sûr, répondit Willy en tendant les pièces qui lui restaient. Je vous en prie, prenez ce dont vous avez besoin.

La femme saisit une pièce d'argent dans sa paume, ne lui en laissant qu'une.

Willy **LANÇA** son dernier souverain en l'air pour le rattraper dans la poche de sa redingote. Il entendit alors un bruit métallique et baissa les yeux. Sa pièce était tombée par un trou de l'étoffe et avait rebondi sur sa botte. Il la vit rouler et disparaître dans une bouche d'égout.

Il fronça les sourcils.

– Bon. Pas d'hôtel ce soir.

2
SCRUBITT ET BLEACHER

Allongé sur un banc dans un parc, Willy frissonnait de tout son corps. Il avait bien trop froid pour dormir. Il avait posé son haut-de-forme sur son visage, mais cela n'avait pas empêché son nez de geler.

Il fixait l'abîme obscur des profondeurs de son chapeau, imaginant des moyens d'obtenir sa boutique, quand il entendit un **TOC**. Non pas un, mais trois tocs successifs.

Toc, toc, toc.

Il tira sur le levier fixé au bord du haut-de-forme et le fond de celui-ci s'ouvrit, révélant un homme massif aux dents ébréchées qui le toisait.

Ouaf !

Et un chien tout aussi massif, mais avec une denture **IMPECCABLE**.

– Ça va, l'ami ? lança l'inconnu.

– O-o-oui, merci, articula Willy. Il fait un peu plus froid que je ne pensais.

– Vous devez être nouveau en ville. Je m'appelle Bleacher, et le chien, là, c'est Tiddles.

– Willy Wonka. Je viens juste d'arriver. Je commence à regretter de ne pas plutôt être venu au milieu de l'été.

– C'est maintenant, le milieu de l'été ! répliqua Bleacher en riant. Vous ne comptez quand même pas dormir là ?

– Malheureusement... (Willy tenta de froncer les sourcils, mais son visage était trop congelé pour ça.) Il semble que j'aie perdu le peu d'argent que j'avais. À l'origine, je comptais dormir bien au **CHAUD** dans un hôtel.

– Ah ! Eh bien, vous avez de la chance : je connais quelqu'un qui peut vous aider, annonça l'homme.

– Vraiment ? demanda Willy, dont l'humeur se réchauffa immédiatement.

– Ouais. Venez avec moi.

Il se décolla du banc gelé et suivit Bleacher qui s'éloignait déjà à grandes enjambées.

– Merci, dit Willy en luttant pour le rattraper. Merci beaucoup, monsieur !

Bleacher eut un large SOURIRE.

– Pas de quoi. Tiddles et moi, on est toujours en quête d'inconnus dans le besoin. Pas vrai, mon chien ?

Tiddles grogna, et Willy serra sa valise plus fort.

– Ce n'est pas loin, assura Bleacher en lui jetant un coup d'œil par-dessus son épaule.

– Je suis juste derrière vous ! dit Willy. Et je dois avouer que cette petite marche rapide décongèle merveilleusement bien.

Bleacher eut un nouveau sourire.

– Tant mieux.

– Quelle chance ! commenta Willy, **ÉMERVEILLÉ**. Je suis si content de vous avoir rencontré !

– Et moi donc, répondit Bleacher d'une voix qui ressemblait au grondement de son chien. Et moi donc...

Il entraîna Willy à travers les ruelles pavées jusqu'à la lisière de la ville. Ils marchaient en silence, et bientôt les bruits de la cité s'estompèrent dans la nuit, jusqu'à ce qu'ils n'entendent plus que l'écho de leurs pas et, de temps à autre, un grondement canin.

– Au fait, finit par lancer Bleacher, désolé

pour Tiddles. Il semble s'être pris d'affection pour votre postérieur.

Willy se tapota pensivement le menton.

– Je vous parie que ce n'est pas mon postérieur qui lui plaît, mais mon pantalon. Il est d'occasion ; je le tiens d'un facteur.

– Vous êtes un petit marrant, pas vrai ? Ça doit être ça, acquiesça Bleacher. S'il pouvait, Tiddles passerait toutes ses journées à courir derrière des facteurs. Pas vrai, mon garçon ?

Tiddles poussa un grognement qui ressemblait beaucoup à un « oui » bourru.

Son maître s'arrêta et tendit un doigt vers une ruelle obscure.

– Nous y voilà, Mr Wonka. Votre nouveau foyer.

Devant eux se dressait un bâtiment décrépit. Il était haut d'environ cinq étages, et plus Willy **LEVAIT** les yeux, plus l'édifice penchait sur le côté. À son sommet, formant une saillie sur son flanc, se découpait un vieux pigeonnier en bois plein d'oiseaux qui roucoulaient de manière lancinante dans le silence. Willy **BAISSA** les yeux, faisant courir son regard le long de fenêtres dont le châssis s'était échappé de la façade, et qui pendaient là, telles des chauves-souris de verre. Certaines étaient barricadées, et les volets de celle du rez-de-chaussée avaient été fermés pour la nuit.

– SCRUBITT ET BLEACHER, PENSION ET BLANCHISSERIE, tonna Bleacher comme ils atteignaient la porte.

– Bleacher ? répéta Willy. Mais c'est vous !

– C'est surtout elle, corrigea Bleacher en tirant sur un cordon.

Avant même que la sonnerie se soit tue, une voix dure et éraillée s'éleva derrière le battant.

– Si c'est toi, Bleacher, j'espère que tu ramènes du jus de ver !

– Oh, je ramène quelque chose de bien mieux que du jus de ver, Mrs Scrubitt. Un invité.

Il y eut un *clac* et un *clang*, puis une fente s'ouvrit dans la porte, révélant un œil inquisiteur.

Willy sourit de toutes ses dents, et l'œil s'écarquilla avidement.

– Quel charmant accueil ! commenta le jeune homme, sincère, comme la porte s'ouvrait, révélant une femme trapue avec des cheveux lissés en arrière.

Pour quelqu'un dont le travail consistait à nettoyer du linge, elle semblait étonnamment couverte de gras. Elle avait les dents grises, et quand elle lui **SOURIT**, Willy crut voir quelque chose de visqueux s'y tortiller.

– Entrez donc, monsieur ! dit-elle.

Willy souleva son chapeau pour la saluer et franchit le seuil de la bâtisse.

Un désordre incroyable régnait à l'intérieur. Des vêtements malodorants s'entassaient sur des étagères branlantes qui menaçaient de crouler sous leur poids. La seule lumière – celle d'un lustre dont la forme évoquait une araignée – était chiche, poussiéreuse et clignotante. En faisant le tour de la pièce, Willy aperçut un monte-plats dans le mur, sorte de **PETIT** ascenseur qui servait ici à transporter non pas de la nourriture mais du linge, jusqu'à la blanchisserie située au sous-sol. Willy jeta un coup d'œil dans le conduit mais ne vit rien d'autre que de l'obscurité.

– Bienvenue chez Scrubitt et Bleacher, pension et blanchisserie. Je suis la patronne, Mrs Scrubitt. Faites comme chez vous. Réchauffez-vous les miches devant la cheminée. Un petit jus de ver ?

– Oh, euh…, commença Willy.

Mais Mrs Scrubitt l'interrompit.

– NOODLE ! glapit-elle.

Immédiatement, une jeune servante maussade et débraillée se glissa dans la pièce. Elle tenait un livre qu'elle referma vivement en s'arrêtant devant eux. Quand Willy lui sourit, elle détourna la tête presque aussi vivement pour éviter son regard.

– Range ce stupide bouquin et sers un jus de ver à notre invité ! tonna Mrs Scrubitt. Le pauvre homme est à demi mort de froid.

Noodle leur tourna le dos et commença à s'affairer, sortant un verre et débouchant une bouteille. Aussitôt, une odeur putride se répandit dans la pièce, s'engouffrant dans le nez de Willy pour aller tapisser le fond de sa gorge. On aurait dit que quelqu'un avait prélevé de l'eau dans un marais plein de carcasses d'animaux morts, et qu'il y avait ajouté du vinaigre et de la moutarde. Willy fut pris d'un haut-le-cœur mais, à sa grande surprise, Mrs Scrubitt renifla à pleins poumons en poussant des *oooh* et des *aaah* comme si ça sentait **MERVEILLEUSEMENT** bon.

Noodle fourra un verre plein d'une sorte de boue grise et visqueuse dans la main de Willy, à qui elle adressa un regard d'excuse.

– Du jus de ver. Il n'existe rien de plus délicieux, affirma Mrs Scrubitt.

Willy **DÉGLUTIT**. Il avait cru voir quelque chose ramper à travers la mélasse.

– Merci. Vous et votre mari avez été... très bons envers moi.

– MON MARI ?! cracha Mrs Scrubitt avant de se tourner vers Bleacher. Tu aimerais bien, pas vrai ?

– Non, mentit l'intéressé.

– Je me réserve pour quelqu'un de mieux, expliqua Mrs Scrubitt. Un marquis, ou peut-être un prince.

Elle traversa la pièce à grandes enjambées et leva le verre vers la bouche de Willy.

– Cul sec !

Ils burent tous les deux, et Willy hoqueta.

– C’est très **FORT**, parvint-il à articuler tandis que quelque chose de vivant – cette fois, il en était certain – descendait le long de sa gorge.

Mrs Scrubitt lécha des morceaux filandreux aux coins de sa bouche en produisant un horrible bruit de déglutition, humide et croquant à la fois. Quand elle eut enfin avalé la dernière goutte et léché son verre pour faire bonne mesure, elle lança :

– Et maintenant, Mr Wonka, que puis-je pour vous ? Il vous faut une chambre, c’est ça ?

– Euh, oui, mais…

Gêné, le jeune homme s’interrompit.

Mrs Scrubitt adressa un grand **SOURIRE** à Bleacher.

– Laissez-moi deviner, Mr Wonka.

– Hélas, Mrs Scrubitt, je crains que vous n’ayez raison. Je n’ai pas un souverain en poche. Mais si mes prévisions sont bonnes, cela ne devrait pas durer.

– Ah bon ?

– Voyez-vous, je suis une sorte de magicien, d'inventeur et de chocolatier. J'ai passé les sept dernières années à parcourir le monde en perfectionnant mon art et, demain, à la première heure, je me rendrai aux Galeries Gourmet pour y dévoiler la plus étonnante de mes créations. Devant vos yeux *ÉBAHIS*, permettez-moi de vous présenter...

Willy plongea la main dans son chapeau et en sortit...

– Une théière ? constata Mrs Scrubitt, peu impressionnée.

– Hein ? lâcha Willy avant de réaliser qu'il avait bel et bien sorti une théière de son couvre-chef. Oh, non, il ne s'agit pas de ça.

– Elles ont été inventées depuis belle lurette, l'ami, commenta Bleacher.

Willy rangea la théière et recommença à fouiller dans son chapeau. Les deux autres le regardèrent en tirer plusieurs mouchoirs noués entre eux, une botte de carottes... Quelque part depuis les profondeurs du haut-de-forme s'éleva un *HENNISSEMENT* indigné.

– Désolé, il est quelque part là-dedans, marmonna Willy tandis que Noodle étouffait un **RIRE**.

– Ne vous en faites pas pour ça, Mr Wonka, dit Mrs Scrubitt. Je vois bien que vous êtes un homme astucieux, et nous avons exactement ce qu'il vous faut : le forfait entrepreneur ! La chambre coûte un souverain la nuit, mais vous n'êtes pas obligé de payer avant demain six heures. Ce qui devrait vous laisser le temps de gagner quelques sous.

– Largement, acquiesça Willy, *RAYONNANT*. Merci, Mrs Scrubitt !

Un sourire rusé retroussa le coin des lèvres de la logeuse. Elle lui tendit un contrat et un crayon.

– Dans ce cas, signez ici. Ce n'est pas plus compliqué.

Entendant une légère toux derrière lui, Willy se retourna. Noodle l'observait par la petite porte de la pièce du fond, les yeux écarquillés. Elle désigna frénétiquement le contrat, porta ses mains à son cou comme si elle s'étouffait et s'affaissa théâtralement comme si elle venait de mourir.

Willy fronça les sourcils, incapable de comprendre le message qu'elle tentait de lui faire passer. S'il... mangeait le contrat... il s'étoufferait ? Il s'en doutait un peu !

– Lis les **PETITS** caractères, siffla Noodle.

– Pardon ? demanda Willy.

Mrs Scrubitt fit volte-face et jeta un regard mauvais à la servante.

– Merci, Noodle, ce sera tout.

Sur ce, elle lui claqua la porte au nez.

– Que disait-elle ? s'enquit Willy.

– Qui ça ? répliqua Mrs Scrubitt d'une voix aiguë.

– La fille, précisa-t-il.

– Quelle fille ?

– J'ai cru comprendre « lis les petits caractères », et il y en a un paquet…

Il laissa le contrat enroulé sur lui-même à la façon d'un parchemin se dérouler à travers toute la pièce.

– Oh, ne vous donnez pas la peine de l'écouter, Mr Wonka. On l'a jetée dans une chute à linge quand elle était bébé. Je l'ai recueillie par pure **BONTÉ** d'âme, et j'ai fait de mon mieux pour l'élever, expliqua Mrs Scrubitt. Mais elle a gardé une nature soupçonneuse. Elle voit des conspirations partout.

– Pauvre petite, commenta tristement Willy.

– Ce ne sont que des clauses standard mais, bien sûr, n'hésitez pas à les lire, ajouta Mrs Scrubitt avec un **SOURIRE** forcé.

– D’accord, je vais les parcourir, acquiesça Willy.

Mrs Scrubitt jeta un coup d’œil nerveux à son associé pendant que leur client déchiffrait les petits caractères. Bleacher sortit discrètement une matraque de sa poche intérieure et s’approcha derrière Willy sur la pointe des pieds.

– D’accord, c’est... Mmm..., marmonna le jeune homme en faisant courir son doigt le long du contrat. Ha, pas mal ! J’aime bien ce que vous avez écrit ici.

Lentement, Bleacher leva son arme au-dessus de la tête de sa cible.

– Très bien... Oui... Bon, tout me semble en ordre, déclara enfin Willy.

Bleacher rempocha très vite sa matraque tandis que Willy signait en ponctuant son nom d’une **ARABESQUE**. Il leva les yeux vers Mrs Scrubitt, qui semblait aussi perplexe que lui.

– Oh, lâcha-t-elle, incapable de contenir sa surprise plus longtemps. Eh bien, dans ce cas… bienvenue chez Scrubitt, Mr Wonka !

D'un pas sautillant d'excitation, elle l'entraîna dans l'escalier branlant qui menait à sa chambre. Des photos de Tiddles et une grande affiche clamant « VENEZ POUR UNE NUIT, RESTEZ POUR LA VIE ! » étaient accrochées sur les murs.

– C'est tout à fait charmant, Mrs Scrubitt, la complimenta Willy.

– J'espère que vous vous sentirez bien ici, répondit la logeuse avec un large sourire.

Ils avaient atteint le dernier étage. Quand Mrs Scrubitt poussa la porte, Willy écarquilla les yeux.

Il y avait un lit à baldaquin moelleux, avec un chocolat sur l'oreiller. Un bon feu **CRÉPITAIT** dans l'âtre, et par la fenêtre Willy pouvait voir les dômes des Galeries Gourmet qui scintillaient au clair de lune, en contrebas.

– Dormez bien, Mr Wonka, chuchota Mrs Scrubitt.

Dès qu'elle eut refermé la porte, elle pivota vivement et appela sur un ton chantonnant :

– Noodle ! Nooooodle !

Mais son visage de plus en plus rouge et coléreux contrastait avec la mélodie de sa voix. Les yeux exorbités et injectés de sang, elle semblait sur le point d'EXPLOSER.

La jeune servante passa la tête à l'angle du couloir.

– Oui, Mrs Scrubitt ? lança-t-elle.

Dès qu'elle aperçut sa patronne furieuse, elle se décomposa, et ses petites jambes se mirent à trembler.

Mrs Scrubitt chargea, saisit Noodle par l'oreille et tira assez fort pour lui faire mal. Puis elle entraîna la jeune fille hurlante jusqu'au bout du couloir et, d'un coup de pied, ouvrit une lourde porte. Celle-ci donnait sur le pigeonnier glacial et plein d'oiseaux agités.

– Non ! couina Noodle.

– Non ! singea Mrs Scrubitt avec un ricanement.

Très VITE, elle poussa la jeune fille tête la première vers les pigeons irrités et claqua la porte derrière elle.

Noodle griffa frénétiquement le battant hérissé d'échardes, ses petits doigts glissant sur la fiente qui le recouvrait.

Elle détestait le pigeonnier, surtout à cause de son odeur chaude et aigre de renfermé qui lui donnait toujours envie de vomir.

– Mêle-toi encore de mes affaires, et tu passeras la semaine là-dedans, c'est compris ? gronda Mrs Scrubitt de l'autre côté de la porte.

– Oui, Mrs Scrubitt ! cria Noodle. Pardon, Mrs Scrubitt !

Comme l'obscurité se refermait sur elle, la jeune fille remonta les genoux contre sa poitrine en frissonnant. Aucune âme dans cette ville n'avait une vie plus désespérante que la pauvre Noodle.

3

LES CHOCOVOLS

Le lendemain matin, Willy retourna aux Galeries Gourmet.

– MESDAMES ET MESSIEURS DES GALERIES GOURMET ! s'écria-t-il.

Les gens s'arrêtèrent et le regardèrent comme il frappait le sol avec l'extrémité de sa canne. Lorsqu'il lâcha le pommeau, celle-ci ne tomba pas : elle demeura **PARFAITEMENT** verticale, comme suspendue en l'air par magie. Des chuchotements excités s'élevèrent, et la petite foule de clients grossit bien vite autour de Willy.

Peu étonné et néanmoins ravi par la réaction de son public, le jeune homme fit craquer ses jointures puis, d'un geste théâtral, pressa un bouton sur le côté de sa canne. Une vibration mécanique poussive se fit entendre, et un drapeau commença à se dérouler – très lentement, avec beaucoup de difficulté.

La foule se rapprocha pour mieux voir. Willy se mit à lutter avec le drapeau.

– Imaginez qu'il ait jailli avec un *BANG*, dit-il aux passants.

Ceux-ci commencèrent à se détourner.

– Ah ha ! lança Willy d'une voix forte pour retenir leur attention. Et voilà !

Il lissa les plis du drapeau, révélant le logo **BRODÉ** dessus : un W. La lettre brillait si vivement, et ses arabesques étaient si élégantes, qu'elle captiva la foule derechef.

Ce fut à ce moment que Noodle passa dans la galerie, soufflant, ahanant et traînant un chariot à linge dix fois plus gros qu'elle. Elle s'arrêta pour regarder.

– Ça devrait être intéressant, chuchota-t-elle sur un ton sarcastique.

Willy se racla la gorge.

– Je m'appelle Willy Wonka, clama-t-il, et je suis venu vous dévoiler une ***FABULEUSE*** friandise, une délectable douceur, une sensationnelle sucrerie… Alors, ouvrez la bouche et fermez vos oreilles ! (Il s'interrompit.) Non, plutôt le contraire.

Noodle leva les yeux au ciel.

– Je vous présente, reprit Willy, mes CHOCOVOLS !

Il sortit un bocal de son chapeau et le brandit devant lui, sa main tremblant si fort que les pralines qu'il contenait s'entrechoquèrent. Elles étaient d'un jaune aveuglant, avec une coque verte fendue comme des élytres et piquetée de points rouges. On aurait dit de magnifiques insectes plutôt que des confiseries.

– C'est du chocolat, *ça* ? s'esclaffa quelqu'un dans la foule.

– Contenant des œufs de mouche microscopiques, lança Willy en réponse. Les battements de leurs ailes sont imbattables !

– Du chocolat volant ? Mais qui est ce type ? cria quelqu'un d'autre.

Tous chuchotaient à présent, et il y avait désormais une **EXCITATION** électrique dans l'air.

Mais à l'étage supérieur de la galerie, celui où se trouvaient les bureaux des propriétaires des boutiques, régnait un silence de mort. Trois silhouettes dressées chacune derrière une fenêtre observaient la scène en contrebas. Willy ne les avait pas remarquées, mais s'il l'avait fait, il les aurait reconnues immédiatement. Le monde entier connaissait ces hommes, parce que la plupart des gens mangeaient leurs sucreries chaque jour. Slugworth, Fickelgruber et Prodnose. Les trois grands chocolatiers.

– Et quand les œufs éclosent…, poursuivit Willy en dévissant le couvercle du bocal, c'est là que le **SPECTACLE** commence !

L'odeur atteignit la foule la première. Un chœur de *mmm* se fit entendre comme les passants inspiraient le délicieux parfum. Puis il se produisit quelque chose de remarquable, quelque chose qu'aucun d'eux n'avait encore jamais vu. Trois petites pralines s'élevèrent du bocal toutes seules et restèrent suspendues en l'air.

La foule hoqueta de stupeur.

À l'étage supérieur, les trois célèbres chocolatiers se mirent à transpirer. Slugworth se tourna immédiatement vers sa secrétaire.

– Miss Bonbon ! Appelez la police, ordonna-t-il.

Dans la galerie, Willy rayonnait de voir les clients boire ses paroles. Tout se passait encore mieux qu'il ne l'avait imaginé. Des tas de gens se léchaient les babines, et aucun d'eux ne pouvait détacher son regard des chocolats volants. Il pensa à sa mère, qui aurait été si fière, et sa gorge se serra.

– C'EST DU *CHOCOLAT* ? cria un bambin.

Noodle gloussa.

Willy brandit le bocal.

– Il n'y a qu'un seul moyen de le savoir. Qui veut goûter ?

Alors, la foule se déchaîna. Les gens crièrent et glapirent, se poussèrent et se bousculèrent dans leur empressement à tester cette nouveauté. Mais avant que Willy puisse en distribuer une seule, une voix autoritaire le cloua sur place.

– Je veux goûter un CHOCOVOL.

Willy se retourna et fut ravi de découvrir nul

autre qu'Arthur Slugworth debout derrière lui. Il reconnut facilement le grand chocolatier : une fois, il avait vu une photo de lui dans le journal, et il avait retenu son visage. Slugworth avait toujours été présent dans ses rêves d'avenir ; il lui tapotait le dos et lui souhaitait la bienvenue dans le monde de la confiserie. En chair et en os, il était plus massif, plus impressionnant et plus élégant avec son costume **SCINTILLANT** à l'étoffe striée de fils d'or. Willy avait entendu dire qu'il portait toujours un costume, y compris en guise de pyjama. Son professionnalisme allait jusque-là.

– Mr Slugworth, le salua-t-il en s'inclinant devant lui. Quel honneur ! Depuis que je suis tout petit...

Slugworth lui saisit la main et serra à la broyer en lui secouant vigoureusement le bras. Willy frémit tandis que deux autres légendes de la profession fendaient la foule.

– OUAH ! s'exclama Willy. C'est une sacrée poigne que vous avez là, Mr Slugworth.

– Une poigne d'homme d'affaires. Qui informe les gens que je ne plaisante pas. Bon, allons-y. (Slugworth tapota impatiemment sa montre.) *Tic tac*, *tic tac*, l'heure tourne.

Willy remarqua que les aiguilles s'étaient arrêtées. Il voulut en informer Slugworth, mais fut distrait par l'arrivée de Fickelgruber et de Prodnose. Tous deux le toisèrent sans dire un mot.

– La trinité des chocolatiers en chair et en os ! s'exclama Willy.

Les nouveaux venus ne répondirent pas.

Fickelgruber était grand et maigre. Il s'essuya les mains à l'aide d'un mouchoir en tissu.

– J'ai touché quelques vestes atroces en fendant la foule, marmonna-t-il à Prodnose en guise d'explication.

Celui-ci se tenait aussi droit qu'un militaire au garde-à-vous. Petit et trapu, il portait un costume plus coloré que celui de ses collègues, à carreaux moutarde. Son postiche lissé comme par un professionnel s'étalait à plat sur sa tête ronde. On disait qu'il avait été fabriqué avec les poils de son chat défunt, et Willy se surprit à le fixer. D'une certaine façon, c'était comme s'il rencontrait *quatre* célébrités. Il avait tant entendu parler du postiche en poils de chat ! (Et la plupart des gens s'accordaient à dire que le chat les portait mieux.)

– Poussez-vous, mon garçon ! tonna Slugworth. Laissez-nous goûter vos fameux Chocovols.

Willy fit un pas de côté. Slugworth, Fickelgruber et Prodnose le dépassèrent, et chacun d'eux cueillit un chocolat volant dans les airs. L'un après l'autre, ils l'enfournèrent dans leur bouche… Et l'un après l'autre, leurs visages s'illuminèrent de plaisir.

– Oooh ! Oooh, ce n'est pas seulement du

chocolat, n'est-ce pas ? lança Slugworth, incapable de dissimuler combien il se régalait. Il y a… de la guimauve.

– Exact, acquiesça Willy, **RAYONNANT**. Cueillie dans un guimauvier au Pérou.

– Et du caramel, ajouta Fickelgruber. Mais il est…

– Salé, compléta le jeune homme avec un hochement de tête entendu. Par les larmes douces-amères d'un clown russe.

Prodnose se mit à baver de ravissement.

– Et ce n'est quand même pas… de la cerise ?

– De la fleur de cerisier, corrigea Willy. Cueillie par la fine fleur des cueilleurs de fleurs de cerisier dans les Jardins impériaux du Japon.

Tout en avalant, les chocolatiers échangèrent des coups d'œil inquiets.

– Eh bien, Mr Wonka, lança Slugworth, je vous le concède : je fais ce métier depuis très longtemps, et je peux affirmer que de tous les chocolats que j'ai jamais goûtés, ceci est sans le moindre doute, avec une certitude absolue…

Willy aperçut enfin Noodle parmi la foule et leva le pouce.

– LE PIRE DE TOUS ! acheva Slugworth.

– Merci beaucoup, c'est très… Hein, *quoi* ? bredouilla Willy.

Slugworth secoua gravement la tête.

– Bien que concurrents acharnés, nous sommes tous les trois d'accord sur un point : un **BON** chocolat doit être simple, sobre, avec une saveur unique.

– Tandis que ça… Avec toutes ces fantaisies… C'est juste…

Fickelgruber fronça le nez.

– Bizarre, acheva Prodnose.

Les épaules de Willy s'affaissèrent. Il balaya du regard la foule captivée qui le fixait, attendant sa réaction.

– Ne vous laissez pas abattre, Mr Wonka, lança Slugworth en réprimant un rictus. Vous n'êtes pas un chocolatier – et alors ? Il existe des tas d'autres métiers.

– Mais à votre place, j'éviterais de me lancer dans la mode, ricana Fickelgruber.

Un **GLOUSSEMENT** parcourut la foule. Willy baissa les yeux vers sa fidèle redingote violette, et soudain il se souvint de quelque chose. Son humeur s'améliora instantanément, et une lueur malicieuse pétilla dans ses yeux.

– Il reste une chose qui vous fera peut-être changer d'avis. Mais je ne sais pas trop… Si vous avez trouvé que le *goût* de mon chocolat était bizarre, mes chers messieurs, la suite risque de ne pas vous plaire…

Comme obéissant à un signal, les pieds de Slugworth décollèrent du sol. Le chocolatier s'élevait vers le plafond ! Il agita les mains, cherchant désespérément quelque chose à quoi se raccrocher, mais en vain.

– **WONKA !** rugit-il.

Le jeune homme se tourna vers la foule et dit sur son ton le plus professoral :

– La mouche est sortie de son cocon de chocolat, et elle agite hardiment ses ailes !

Fickelgruber fut le suivant à décoller, bientôt suivi par Prodnose.

– Vous voulez dire que c'est une *mouche* qui fait ça ? hurla ce dernier.

– Tout à fait. Mais ne vous inquiétez pas, il ne lui arrivera rien ! Dans vingt minutes environ, elle se fatiguera et ressortira par votre postérieur.

– Elle quoi ?! glapit Fickelgruber.

– Il veut dire qu'on va les recracher par le derrière, clarifia Prodnose avant d'effectuer une culbute qui fit tomber son postiche sur le sol.

Willy le ramassa, et ce faisant, il remarqua quelque chose de curieux griffonné à l'intérieur. Trois chiffres...

– Donnez-moi ça ! gronda Prodnose, et Willy lui lança hâtivement sa perruque.

Le chocolatier flottant l'attrapa au vol et la replaça sur sa tête. Cette fois, il la tint en place afin que la **GRAVITÉ** ne puisse plus la lui dérober.

– Vous avez perdu la tête, Wonka ! cria Slugworth. Quelle personne saine d'esprit voudrait manger un chocolat qui fait voler ?

– Qui ça ? dit pensivement Willy. Eh bien, nous allons voir. Qui veut un Chocovol ?

La foule bondit comme un seul homme, masse hystérique de corps et de mains toutes tendues vers le bocal. Les gens poussèrent des cris ravis comme Willy leur fourrait des pralines dans la main, et en échange ils laissèrent tomber des pièces dans sa poche. Tandis qu'ils s'élevaient un par un vers le plafond, Willy recula pour contempler ce spectacle merveilleux. Bientôt, une voûte de clients enchantés tapissa l'intérieur du grand dôme de verre. Une femme avec un chapeau à plumes flotta près de lui avec son chien en laisse derrière elle, suivie par une nonne qui enchaînait les pirouettes en poussant des cris de joie. Un vieil homme glissait dans les airs, les bras ÉCARTÉS, riant de si bon cœur que des larmes ruisselaient sur ses joues.

Debout sur le sol de la galerie, Willy agitait le doigt tel un chef d'orchestre sa baguette, le visage illuminé par le plaisir.

– Ça suffit, messieurs dames ! cria une voix suivie par un coup de **SIFFLET**.

Willy se retourna pour voir débarquer la maréchaussée.

– Il n'y a rien à voir ! tonna l'homme de tête.

C'était le chef de la police, bardé de médailles

et de muscles. Il portait de grandes bottes de cuir qui couinaient à chacun de ses pas et marchait avec arrogance, le torse bombé. Alors qu'il se rapprochait, Willy vit que sa fine moustache s'ornait de miettes de chocolat.

– Ce n'est qu'un petit groupe d'individus défiant les lois de la gravité, dit le chef à ses hommes. Attrapez-les.

Ses agents entreprirent de ramener les clients volants sur terre, comme s'ils saisissaient la ficelle de ballons échappés dans le ciel. Puis un visage familier apparut devant Willy : celui du policier de la veille.

– Je ne **RÊVASSE** pas, cette fois, se défendit Willy. Je n'ai pas enfreint les règles.

– Je crains que nous n'ayons reçu des plaintes à votre sujet, monsieur, l'informa le policier.

– Des plaintes, agent… ?

Willy s'interrompit, attendant qu'il se présente.

– Inspecteur Affable. Oui, des plaintes selon lesquelles vous perturbez la bonne marche des affaires. Je suis au regret de devoir vous chasser d'ici, et de confisquer les sommes gagnées.

Le chef de la police fit signe à un autre agent, qui s'avança et tira les pièces de la poche de l'agitateur.

– Comment ? Oh non, je vous en supplie ! s'écria Willy.

– Ne vous en faites pas, l'argent ira à une **BONNE** cause. Les enfants malades, ou quelque chose comme ça, affirma le chef de la police.

– Je suis navré, Mr Wonka, ajouta l'inspecteur Affable. Les règles sont les règles.

– Laissez-moi au moins un souverain, implora le jeune homme. J'en ai besoin pour payer ma chambre.

L'inspecteur Affable jeta un coup d'œil pardessus son épaule pour vérifier que son chef ne le regardait pas, puis il glissa dans la main de Willy un souverain pris dans sa propre poche.

– Tenez, dit-il avant de se mettre à **CHUCHOTER** : Et maintenant, suivez mon conseil et allez vendre votre chocolat ailleurs.

4

IL FAUT TOUJOURS LIRE LES PETITS CARACTÈRES

Willy retourna à la blanchisserie, l'esprit en ébullition comme toujours. Deux ou trois idées de nouveaux chocolats rebondissaient là-dedans, mélangées à un problème qu'il devait résoudre de toute urgence. Et pas des moindres : Comment épater les Galeries Gourmet et les convaincre de lui laisser vendre ses pralines ? Si loin que remontaient ses souvenirs, ce **RÊVE** le poussait en avant. Chaque fois qu'il était accablé par la tristesse ou la déprime, il s'y **PROJETAIT** et y passait un petit moment, se promenant joyeusement dans la dernière vision que sa mère et lui avaient imaginée ensemble. Il refusait que ce rêve soit remplacé par le souvenir tout neuf des héros qui s'étaient révélés ne pas en être. On pouvait toujours renverser une situation. Willy était persuadé que son imagination lui fournirait le moyen parfait. Elle ne lui avait encore jamais fait défaut.

Bleacher était en train de fermer les volets de la blanchisserie quand il arriva. Mrs Scrubitt se trouvait à l'intérieur ; assise dans la pénombre, elle sirotait son jus de ver puant.

– Bonsoir, Mr Wonka, lança-t-elle. Comment ça s'est passé ?

Le jeune homme soupira.

– Pas aussi bien que je l'espérais.

– Quel dommage ! fit la logeuse en se levant

vivement. Je crains que vous ne deviez régler votre note tout de suite.

– Par chance, j'ai de quoi vous payer la chambre. Nous avions bien dit un souverain ?

Willy sortit son unique pièce de sa poche et la posa sur le comptoir.

Un **TIC** nerveux agita le coin de l'œil de Mrs Scrubitt.

– Pour la chambre, oui. Mais durant votre séjour parmi nous, vous avez profité de quelques suppléments.

– Ah bon ? demanda Willy, le nez froncé, en cherchant désespérément de quoi il pouvait bien s'agir.

Mrs Scrubitt ouvrit son registre et entreprit de faire l'addition.

– Tout à fait. Il y a d'abord eu ce jus de ver que vous avez bu à votre arrivée. Et si mes souvenirs sont exacts, vous vous êtes également réchauffé les miches près du feu.

– Absolument, Mrs Scrubitt, grogna son associé.

Willy jeta un coup d'œil nerveux à la porte, que Bleacher s'empressa de verrouiller.

– Le réchauffage de miches, c'est en supplément, vous comprenez ? insista Mrs Scrubitt.

– Et il a pris l'escalier pour monter dans sa chambre, ajouta Bleacher.

– C'est vrai ; n'oublions pas le supplément escalier, approuva Mrs Scrubitt en griffonnant de plus belle dans son registre. Par marche. Dans le sens de la montée et de la descente. Maintenant, dites-moi, Mr Wonka : dois-je compter un supplément minibarre ?

Willy LEVA un sourcil.

– Il y a un minibar ?

– *Une* minibarre. De savon, précisa Bleacher.

– Posée à côté du lavabo, ajouta Mrs Scrubitt. Vous l'avez utilisée ?

Willy frémit.

– Peut-être. Brièvement ?

– Oh hooo ! s'exclama Bleacher.

– Vous voyez ? Même Bleacher sait qu'on ne touche jamais à la minibarre, et il a grandi dans le caniveau, gloussa Mrs Scrubitt. Si j'ajoute la location du matelas, l'entretien des draps et la pénalité oreiller, ça nous fait un total de… dix mille souverains.

– Je ne… je ne pense pas que vous puissiez me réclamer autant, protesta Willy en tripotant nerveusement sa canne.

Mrs Scrubitt lui dévoila ses dents pourries dans un grand sourire.

– Tout est dans les petits caractères, mon cher.

– Mais je n'ai pas dix mille souverains. Je n'en ai qu'un seul, avoua Willy.

Bleacher le saisit par le col et siffla :

– Dans ce cas, nous avons un problème, Mr Wonka.

– Vous devrez rembourser votre dette en

travaillant à la blanchisserie. Pour un souverain par jour, annonça **GAIEMENT** Mrs Scrubitt.

– Mais... dix mille souverains, bredouilla Willy, ça fait...

– Vingt-sept ans, commença la logeuse.

– Quatre mois, grogna Bleacher.

– Et seize jours, acheva Mrs Scrubitt avec un rictus triomphant.

Puis, avant que Willy puisse protester, Bleacher le souleva de terre et le *JETA* dans la chute à linge.

– Aaaaah ! cria-t-il en glissant dans les entrailles de la blanchisserie.

Il atterrit dans un panier avec un bruit sourd, assis au milieu des sacs de vêtements sales, se maudissant de ne pas avoir été davantage sur ses gardes.

– J'aurais dû écouter cette jeune fille, grogna-t-il. Comment s'appelait-elle ?

– Noodle, répondit une voix.

Surpris, Willy jeta un coup d'œil hors du chariot et découvrit un monsieur âgé dans un beau costume en tweed planté face à lui. L'homme ne semblait pas à sa place parmi les essoreuses, les draps suspendus et les cuves bouillonnantes dans lesquelles s'agitaient d'énormes quantités de linge. On aurait dit que quelqu'un l'avait cueilli dans un bureau et accidentellement fait tomber là.

– Vous devez être Mr Wonka, lança-t-il en remontant ses lunettes sur son nez avant de serrer ses mains l'une contre l'autre. Je suis Abacus Crunch, expert-comptable. Du moins, je l'étais autrefois. À présent, je, euh...

Une grande femme souriante, portant une salopette en jean trempée, s'approcha et tendit une main au nouveau venu pour l'aider à s'extraire du panier.

– Abacus gère la blanchisserie, dit-elle tandis

que Willy se démenait. Et vous feriez bien de lui obéir, ou c'est à moi que vous en répondrez. Piper Benz, plombière de profession.

– Comptable, plombière, marmonna Willy en s'essuyant le front.

Une forte odeur de savon planait dans l'air, et il faisait terriblement chaud.

– Et moi, je suis Larry Chucklesworth, lança une troisième voix.

Un homme sortit de derrière une gigantesque pile de serviettes pliées. Il arborait une perruque bouclée et d'immenses chaussures à bout renflé. En guise de salut, il fit tourner son nœud papillon.

– Je suis un clown, au cas où ma tenue ne l'indiquerait pas assez clairement. Un clown professionnel.

– Et ça, c'est Lottie Bell, ajouta Piper, poussant en avant une femme à l'air timoré.

Son visage était presque entièrement recouvert

par ses cheveux, comme si elle tentait de se dissimuler.

– Elle était standardiste dans le temps, pas vrai ?

La femme ne dit rien, se contentant d'**AGITER** timidement la main pour saluer Willy.

– Elle ne parle pas beaucoup, précisa Piper.

– Donc, ils vous ont eus aussi, pas vrai ? demanda Willy sur un ton funeste.

Abacus inclina la tête.

– Je le crains. Chacun de nous a eu besoin d'une chambre d'hôtel bon marché et négligé de lire les petits caractères.

Willy se mit à faire le tour de la pièce, laissant courir ses mains sur les murs, toquant du poing et tâtant les tuyaux.

– Il doit bien y avoir un moyen de sortir d'ici.

– Vous croyez que nous n'avons pas déjà essayé ? demanda Piper. Il y a des barreaux aux fenêtres, le chien garde la porte...

– Et même si on pouvait s'enfuir, ce contrat est en béton, déclara Abacus.

– Contrairement à cette fleur ! (Larry rit en faisant **GICLER** de l'eau sur son propre visage.) Désolé, c'est une blague de clown.

À la grande surprise des autres, Willy s'esclaffa de bon cœur.

– Fantastique ! dit-il en examinant le petit dispositif en plastique. On croit que c'est une fleur, mais c'est tout à fait autre chose ! Oh, Larry, je crois que nous allons très bien nous entendre.

Le clown le fixa sans réagir, comme si une réaction **POSITIVE** était la dernière chose à laquelle il s'attendait.

– J'adore les inventions ingénieuses, expliqua Willy. Surtout celles qui font sourire les gens.

– Si vous n'êtes pas là pour l'appel, dit Piper, ramenant la conversation sur le sujet de leur emprisonnement, Mrs Scrubitt fera venir la police, et elle vous facturera mille souverains pour le dérangement.

Elle se laissa tomber sur un tas de linge sale et se prit la tête entre les mains.

Soudain, Tiddles aboya de l'autre côté de la porte, les faisant tous sursauter de frayeur.

– Allez, tout le monde, on se remet au travail ! lança Abacus. Venez, Mr Wonka, je vais vous montrer les ficelles. Vous serez là-bas. À la lessive.

Aussi chacun regagna-t-il son poste tandis qu'Abacus entraînait Willy dans la salle dédiée à sa tâche. C'était une petite pièce défraîchie, occupée par deux énormes cuves en cuivre.

– Votre travail consistera à remuer, Mr Wonka, l'informa Abacus.

À contrecœur, Willy saisit un énorme battoir et commença à **TOUILLER** le contenu de la cuve fumante.

– Je crois que j'en ai déjà assez, dit-il tout bas.

Mais les autres ouvriers étaient trop occupés à frotter pour lui prêter attention.

Le temps passait lentement à la blanchisserie. Même si Willy n'était là que depuis quelques heures, il lui semblait que plusieurs jours s'étaient écoulés. Le fait que les autres scandaient constamment « PROPRE, PROPRE » ne l'aidait pas du tout. Willy se surprit à jeter de fréquents coups d'œil à la pendule, en se demandant quand son cauchemar prendrait fin. L'odeur **DOUCEÂTRE** du savon l'écœurait, et sa peau le démangeait à cause de l'humidité.

Enfin, après ce qui lui parut une éternité, quelqu'un tira le verrou de la porte et Bleacher entra avec un porte-bloc.

– Bell… Benz… Crunch… Chucklesworth… Wonka, gronda-t-il en cochant leurs noms un par un sur sa liste avant de leur ordonner de monter se coucher.

– Cette fois, je ferai bien attention à ne pas utiliser la minibarre, affirma Willy. J'ai retenu la leçon.

– Oh, ne vous en faites pas pour ça, Mr Wonka. Vous n'aurez plus de savon désormais, ricana Bleacher avant de le saisir par le col et de le jeter à l'intérieur d'une pièce. Extinction des feux dans une demi-heure ! rugit-il avant de claquer la porte.

– Un homme terrifiant, mais un potentiel de lanceur de poids olympique que je ne peux que respecter, commenta Willy en secouant la tête.

Il se releva d'un **BOND**, s'épousseta puis examina son nouveau logis. La chambre était très différente de celle dans laquelle il avait dormi la veille. Pas de feu crépitant, pas de chocolat sur l'oreiller. Il n'y avait qu'un vieux lit branlant, un petit bureau et une fenêtre brisée. De l'air froid soufflait par les fissures de la vitre dans un sifflement irritant.

Willy s'allongea sur le lit pour reposer sa carcasse douloureuse. Il fixa le plafond plongé dans l'obscurité, son estomac gargouillant de faim et ses mains le piquant encore à cause du savon. Il était prisonnier ; il... était sûr d'avoir entendu un bruit de pas ! Un bruit **MINUSCULE** comme celui que produirait un pigeon si quelqu'un lui avait offert des mocassins confortables. *Tap tap tap tap*.

– C'est encore toi, pas vrai ? chuchota Willy dans le noir.

Mais les pas ACCÉLÉRÈRENT et s'éloignèrent.

5

APRÈS LA PLUIE

Willy venait enfin de s'assoupir quand il entendit un **TOC** frappé d'une main décidée.

– Service d'étage, claironna Noodle comme la porte s'ouvrait avec un grincement. Je t'avais bien dit de lire les petits caractères, pas vrai ?

La jeune fille déposa un seau de gruau par terre.

– Je sais, je sais, soupira Willy. C'est juste que… Pour être franc, je ne peux pas.

– Tu ne peux pas quoi ? demanda Noodle.

– Lire.

– Non ! Tu plaisantes, hoqueta-t-elle.

– Pas du tout.

– Ton chocolat peut faire **VOLER** les gens, et tu ne sais pas lire ? s'écria Noodle.

– Oui, bon, dit-il, sur la défensive. J'ai été très occupé par mon plan pour faire connaître les chocolats Wonka au monde entier.

– Je vois, lâcha la petite fille.

– Pour tout le reste, je m'en suis remis à la bonté des inconnus.

Elle éclata d'un rire sans joie.

– Et regarde où ça t'a mené – jusqu'au quartier du personnel. Bon, au moins tu as un lit.

Comme si ce dernier avait entendu et voulait rendre cette journée encore plus déprimante pour Willy Wonka, il s'écroula tout à coup sous lui.

Le jeune homme heurta le sol avec un craquement.

– Ça va, ça va, couina-t-il.

– Tu *avais* un lit, rectifia Noodle. Un bureau, et une cuvette de toilette – qui te servira aussi de toilettes tout court. Pour l'eau, il y a deux températures : froide et glacée.

Willy se leva et s'approcha de la cuvette. Quand il tourna les robinets, le filet de liquide qui sortit de chacun d'eux était effectivement froid d'un côté et glacé de l'autre.

– Combien tu leur dois ? interrogea Noodle.

– Dix mille.

– Tu as de la chance. Moi, c'est trente mille.

Willy ÉCARQUILLA des yeux incrédules.

– Quoi ? Comment peux-tu leur devoir de l'argent ? Je croyais qu'ils t'avaient trouvée dans la chute à linge.

– En effet, acquiesça Noodle. Ils m'ont recueillie par bonté d'âme, et ils m'ont facturé ce privilège. On pourrait croire qu'un bébé d'un an serait incapable de signer un contrat, mais apparemment l'empreinte d'un pouce constitue un engagement légal.

– Je suis désolé, Noodle, dit tristement Willy. Si seulement tu n'avais pas de pouces ! Ou mieux encore, si on t'avait déposée dans une autre chute à linge.

– Ce n'est pas si terrible, affirma Noodle. Si je me tiens **À CARREAU**, je sortirai d'ici vers quatre-vingt-deux ans.

Willy secoua la tête.

– Quels monstres !

– C'est la vie. Cruelle et horrible. Les gens préfèrent toujours l'argent à une bonne action. Ainsi va le monde. (Noodle versa un peu de gruau dans une écuelle.) Bon appétit !

– Allons, Noodle, protesta Willy, on ne va quand même pas manger *ça*.

Il traversa la pièce pour aller chercher sa valise.

– Qu'est-ce que tu fais ? demanda la jeune fille.

Sans la quitter des yeux, il laissa tomber sa mallette sur le bureau. Sous le choc, elle s'ouvrit en se **DÉPLIANT** tel un bandonéon ou une boîte à outils magique. Des tuyaux poussèrent sur un côté, et des casseroles de l'autre. Un assortiment de flacons et de gobelets jaillit au milieu, bientôt suivi par une cuisinière à gaz miniature et une cuillère en bois qui touillait toute seule.

– Sérieusement, qu'est-ce que c'est ? demanda Noodle. Qu'est-ce que tu fais ?

– Je prépare du chocolat, évidemment ! répondit Willy en commençant à farfouiller parmi ses étranges ingrédients. Tu l'aimes comment ? Noir ? Blanc ? Au lait ? Totalement givré ?

Noodle haussa les épaules.

– Je ne sais pas. Je n'en ai jamais mangé.

Willy se figea.

– Quoi ? Jamais ? insista-t-il, incrédule. Pas une seule bouchée ?

– Non.

– Mais c'est TERRIBLE ! Nous allons y remédier immédiatement !

Noodle se rapprocha.

– J'aimerais bien essayer ceux qui font voler…

– Je crains que le reste de mon stock de Chocovols ne soit pas encore prêt, répondit Willy. Mais j'ai un ou deux autres ingrédients qui pourraient te plaire.

Il fit craquer ses jointures, puis se mit à déboucher des bocaux et à verser des choses dans une casserole.

– Des Après la pluie – ce sera **PARFAIT !** Fabriqués à partir de nuages d'orage condensés et de soleil liquide. Ils t'aident à voir la minuscule lueur d'espoir au-delà de l'ombre du désespoir. Exactement ce dont nous avons besoin tous les deux, tu ne trouves pas ?

Noodle le regardait s'activer, totalement **FASCINÉE**.

– Tu as toujours eu envie de faire du chocolat ?

– J'ai toujours eu envie d'en manger, dit Willy en versant un autre ingrédient dans la casserole sur le feu. Quand j'avais ton âge, c'est ma mère qui le préparait. Nous n'avions pas beaucoup d'argent, mais chaque semaine elle achetait une fève de cacao, et quand mon anniversaire arrivait, elle en avait juste assez pour fabriquer une tablette de chocolat. Et pas n'importe quel chocolat : le meilleur. Elle avait un truc qu'aucun chocolatier ne connaissait, pas même Slugworth. Un secret grâce auquel son chocolat était le meilleur du monde !

Noodle se pencha en avant, les yeux écarquillés.

– C'était quoi, le secret ? interrogea-t-elle.

– Je n'ai pas eu le temps de lui redemander.

– Que… que lui est-il arrivé ? chuchota Noodle.

Les yeux de Willy **BRILLAIENT** de larmes.

– Elle est morte, répondit-il tout bas. Très soudainement. Comme il n'y avait plus personne pour s'occuper de moi, j'ai embarqué sur un bateau et, après avoir parcouru le monde pendant des années, je suis venu ici.

Noodle posa une main sur son épaule.

– Comment était-elle ?

– Magique. C'est grâce à elle que je suis ici, d'une certaine façon.

– Euh, oui. C'est comme ça que ça fonctionne, dit Noodle.

Willy fit un large geste.

– Non : *ici*, en train de faire du chocolat.

– Que veux-tu dire ?

– Nous rêvions de venir dans cette ville pour vendre du chocolat ensemble. Je me suis accroché à ce rêve parce que… Eh bien, autrefois, ma mère m'a promis que le jour où je partagerais mon chocolat avec le monde entier, elle serait à mes côtés. Je sais que ça peut paraître idiot, mais j'ai toujours espéré que, d'une façon ou d'une autre, elle tiendrait sa promesse. Et même, qu'elle me confierait son secret !

La valise *BIPA*, et Willy se mit à sautiller d'un pied sur l'autre, tout excité.

– C'est prêt, lança-t-il en plongeant la main dans la casserole.

Noodle l'observa avidement tandis qu'il sortait une praline parfaitement formée. Il la secoua pour la refroidir légèrement.

– Tiens, dit-il en la lançant à la jeune fille. Goûte !

Noodle la rattrapa au vol et la tint prudemment dans ses mains en coupe. C'était du chocolat blanc en forme de nuage, traversé par un éclair à l'éclat ***MAGNIFIQUE***. Elle le porta à sa bouche et en mordit un bout minuscule. Puis se figea.

Willy se pencha vers elle et la fixa d'un regard plein d'**ESPOIR**.

– Alors ?

– Tu n'aurais pas dû faire ça, chuchota Noodle.

– Pourquoi ? demanda Willy sur un ton pressant. Tu n'aimes pas ? Je pensais vraiment que ça te plairait !

– Non, j'aime ça ! le détrompa-t-elle. C'est juste que...

Willy se pencha davantage.

– Quoi ?

– Maintenant, chaque jour sans chocolat sera un peu plus dur.

– Oh, dit Willy en poussant un soupir de soulagement. Mais c'est exactement ce qu'on doit ressentir après avoir mangé du chocolat, Noodle ! (Il marqua une pause tandis qu'une idée se formait dans sa tête.) Ça te plairait d'avoir tout le chocolat que tu peux manger, chaque jour jusqu'à la fin de ta vie ?

– Du chocolat à vie ? demanda Noodle, sceptique.

– Du chocolat à vie, confirma Willy.

La jeune fille leva un sourcil soupçonneux.

– Qu'est-ce que tu voudrais en échange ?

– Pas grand-chose. Juste que tu me fasses sortir d'ici.

Elle éclata de **RIRE**.

– Ne sois pas ridicule !

– Écoute-moi : c'est facile ! s'exclama Willy, tout excité en commençant à faire les cent pas. Je demanderai à quelqu'un de me remplacer et tu me cacheras dans ton chariot à linge. Ce sera juste pour quelques heures. Personne ne s'apercevra que je suis parti !

– Ça te servira à quoi ? s'enquit Noodle.

– À vendre du chocolat, évidemment ! On partagera les bénéfices, et on remboursera Mrs Scrubitt en un rien de temps !

– C'est une chouette idée, Willy…

– C'est une idée géniale, rectifia-t-il.

Noodle redevint sérieuse.

– Mais ça ne marchera jamais.

– Bien sûr que si, affirma Willy sur un ton désinvolte. Maintenant, mange le reste de ton chocolat.

La jeune fille l'enfourna dans sa bouche.

– Tu ne comprends pas, dit-elle après avoir **AVALÉ**. Mrs Scrubitt a un œil de lynx. Rien de ce qui entre et sort de la blanchisserie ne lui échappe. Sauf peut-être… *Ha !*

– Quoi donc ? demanda nerveusement Willy.

Noodle secoua la tête.

– Non, ce n'est rien.

Il haussa les épaules.

– Ah bon.

– … *Ha !* lâcha encore Noodle.

– Un double *ha !* se réjouit Willy. Ce n'est pas rien. C'est l'Après la pluie qui fait effet. Il vient de te donner une idée !

– D'accord, acquiesça-t-elle, les yeux soudain écarquillés par l'**EXCITATION**. En fait, la seule fois où elle a baissé sa garde, c'est quand un aristocrate est venu à la blanchisserie. Il n'arrivait pas à retrouver son château, ou quelque chose du genre, et il a atterri ici. Il lui demandait juste son chemin, mais elle s'est jetée sur lui comme si elle n'avait pas mangé depuis trois jours. C'était répugnant.

– Bravo, Noodle ! s'écria Willy. Tout ce qu'on doit faire, c'est trouver un aristocrate et se faufiler dehors pendant qu'elle est distraite !

Il enfourna un chocolat en forme de nuage dans sa bouche.

– D'accord, mais où est-ce qu'on va trouver un aristocrate ? s'inquiéta Noodle.

– *Ha !* lâcha Willy.

Noodle se rapprocha de lui.

– *Ha ?*

– *Ha !* répéta-t-il.

– Un double *ha !*, s'écria Noodle, ravie.

– Tu as de quoi noter ? demanda précipitamment Willy, son regard balayant la pièce en quête d'un papier et d'un crayon. Parce que j'ai une **MERVEILLEUSE** idée...

6

LA CRYPTE

Au cœur de la nuit, le chef de la police déambulait seul à travers la grand-place. Le sol verglacé crissait sous ses grosses bottes en cuir. Il marchait d'un pas lent mais décidé, comme s'il avait déjà suivi ce chemin un million de fois. Il passa devant la fontaine gelée et se dirigea vers la cathédrale, la moustache **FRÉMISSANTE**, les yeux écarquillés comme s'il était possédé. Arrivé devant la porte, il leva le poing et frappa une étrange série de coups.

Le battant de bois s'ouvrit en craquant, laissant échapper un flot de chants latins. Des moines à peine visibles dans la lumière vacillante des bougies glissaient le long des travées comme s'ils flottaient.

– Continuez, les gars, lança le chef de la police. Vous chantez **DRÔLEMENT** bien.

Il allongea le pas, le regard rivé sur un confessionnal dans le coin du fond. C'était une guérite ouvragée, divisée par le milieu et munie de deux sièges que dissimulaient d'épais rideaux. Le chef de la police était si gros qu'il dut retenir sa respiration pour s'y glisser de profil. Il se laissa tomber sur la banquette et se tourna vers le prêtre qui attendait de l'autre côté.

– Pardonnez-moi, mon père, car j'ai péché, dit-il sur un ton monocorde, sans faire aucun effort pour être crédible. J'ai mangé cent cinquante de ces chocolats depuis ma dernière confession.

Puis il fit une chose étrange : il glissa une praline au prêtre.

– Résister à la tentation est très difficile, chuchota ce dernier en prenant le chocolat.

Il l'examina et le renifla.

– Vous pouvez le dire, acquiesça le chef de la police.

Le prêtre huma la praline une dernière fois et hocha la tête en signe d'assentiment. Puis il tira sur un levier dans le mur. Aussitôt, tout le confessionnal s'ébranla en grondant comme une vieille voiture, et le côté où le chef de la police avait pris place commença à s'enfoncer. Il croisa les jambes et s'adossa confortablement à la banquette, comme si c'était la chose la plus normale du monde. L E N T E M E N T, telle une cabine d'ascenseur, sa moitié du confessionnal descendit et disparut.

L'homme émergea dans une crypte chichement éclairée par des bougies. Là, une garde le salua.

– Bonsoir, chef, lança-t-elle en déverrouillant l'épaisse porte de métal avant de la lui ouvrir.

De l'autre côté s'étendait un couloir bordé de tuyaux, de valves et de jauges, pareil aux entrailles d'une usine. Le chef de la police s'y engagea d'un pas ASSURÉ. Il savait où il allait. Bientôt, le couloir déboucha dans une salle où trois silhouettes familières étaient assises sur de grands sièges semblables à des trônes.

Slugworth, qui était en train de griffonner dans un beau registre en cuir vert, leva les yeux vers le nouveau venu. Près de lui, Fickelgruber se préparait un Martini au chocolat, tandis que Prodnose mordait férocement dans une crème glacée.

Derrière eux se tenait Miss Bonbon, la secrétaire de Slugworth. Occupée à feuilleter de la paperasse, elle ne jeta qu'un bref coup d'œil au chef de la police.

– Bonsoir à tous ! Je vous apporte ma facture,

lança celui-ci en brandissant un papier. Faire circuler un chocolatier, au tarif habituel.

Miss Bonbon prit la facture. Slugworth lui tendit le registre vert, et elle la glissa soigneusement à l'intérieur. Prodnose lança une boîte de chocolats au chef de la police.

Une flamme avide s'alluma dans le regard de ce dernier. Ses yeux s'agrandirent de **DÉSIR** comme s'ils voulaient lui sortir de la tête pour se jeter les premiers sur les chocolats. Un flot de salive envahit sa bouche tandis qu'il bondissait vers la boîte.

– Oooh, oui, c'est du bon, ronronna-t-il en la saisissant de ses mains avides. Est-ce qu'il y a une deuxième couche ? Oui ! Une troisième, peut-être ? ... Non, c'est juste le fond de la boîte.

– Ça vous dirait d'en gagner quelques autres ? demanda Slugworth.

Le chef de la police acquiesça, la bouche trop pleine pour parler.

– Nous pensons qu'il faudra davantage que

« faire circuler » Mr Wonka. Il est doué, marmonna Slugworth.

– **TROP DOUÉ !** renchérit Prodnose.

– De plus, il ne réclame qu'un souverain par chocolat, s'écria Fickelgruber. De sorte que n'importe qui peut s'en offrir ! Même les, les...

– Les pauvres ? suggéra le chef de la police en engloutissant les dernières pralines.

Pris d'un haut-le-cœur, Fickelgruber porta son mouchoir à sa bouche.

– Il déteste quand les gens prononcent le mot « pauvres », expliqua Prodnose.

Nouveau haut-le-cœur de Fickelgruber.

– Pardon, Felix, lança Prodnose en lui tapotant l'épaule. Je suis désolé d'avoir dit « pauvres ». Et de l'avoir répété à l'instant.

– Par pitié, arrête ! implora Fickelgruber.

– Nous voulons envoyer un « MESSAGE » à Wonka, poursuivit Slugworth en ignorant ses complices.

– Assorti d'une menace de recours à la force ! cria Prodnose.

– Dites-lui que s'il tente encore de vendre ses chocolats dans cette ville, il risque de lui arriver un petit « accident », suggéra Slugworth.

– Qui entraînera son décès, ajouta Prodnose.

Fickelgruber agita son mouchoir.

– Inutile de le préciser. On sait bien que c'est une menace de mort.

– Je voulais juste être sûr qu'on soit tous sur la même longueur d'onde, se justifia Prodnose.

– Personne n'est sur ta longueur d'onde, marmonna Fickelgruber entre ses dents.

Prodnose se leva à moitié de sa chaise.

– Qu'est-ce que c'est censé signifier ? Non, je le sais très bien. Ou pas, en fait. De quelle longueur d'onde parle-t-on ? Aucun de nous n'est musicien... Des ondes de quoi, au juste ?

– Messieurs, je vous en prie, intervint Slugworth. Restons concentrés sur l'affaire en cours, voulez-vous ? Alors, chef, qu'est-ce que vous en dites ? Marché conclu ?

L'intéressé s'était figé. Dans sa main, la boîte de chocolats vide se mit à trembler.

– Écoutez, messieurs... J'ai toujours été **RAVI** de vous aider jusqu'ici...

– Et vous avez été généreusement rétribué pour vos services, fit remarquer Fickelgruber.

– Ce que j'apprécie vraiment. Vraiment, répéta le chef de la police en bafouillant un peu. J'adore vos chocolats, surtout les petits orange avec des points sur le dessus. Ils descendent tout seuls... Mais ce n'est pas le problème. Le problème, c'est que je suis un représentant de la loi. Et depuis quelque temps, je m'interroge : toute cette criminalité est-elle bien compatible avec ma position ?

Slugworth PLISSA les yeux.

– Je vois.

– Je ne peux pas m'en prendre physiquement

à vos concurrents, dit le chef de la police à voix basse. Je regrette.

Les chocolatiers échangèrent un coup d'œil. Lentement, ils se levèrent de leurs chaises tels des serpents se dressant dans l'herbe haute.

– Eh bien, chef, je suis ravi d'apprendre que vous êtes quelqu'un d'intègre, lâcha Slugworth. Mais que diriez-vous de… (Il se pencha vers lui.) Une centaine de boîtes de vos chocolats préférés ?

Le chef de la police tenta de résister.

– En fait, répondit-il, les dents serrées, j'essaie de limiter ma consommation de sucre, histoire d'être en forme pour le bal des officiers de police.

Slugworth lui tendit la main.

– *Sept cents* boîtes ?

Les yeux du chef de la police s'illuminèrent brièvement.

– Ça fait beaucoup…, murmura-t-il, les doigts

frémissants d'excitation. Je suis navré, mais NON !

Slugworth appuya sur un gros interrupteur. Soudain, il se mit à **PLEUVOIR** des chocolats ! D'énormes pralines s'abattirent tout autour d'eux dans un crépitement infernal. Slugworth tendit de nouveau la main et susurra sur un ton enjôleur :

– *Huit cents boîtes ?* C'est davantage que ce que la plupart des gens pourraient manger...

Le chef de la police baissa les yeux vers la main du chocolatier et réalisa qu'il ne pouvait pas résister plus longtemps. L'éthique était une chose, mais là, on parlait de chocolat. Une quantité monstrueuse de chocolat.

– MARCHÉ CONCLU ! s'écria-t-il.

7
L'ARISTOCRATE

À l'aube, le doux **CHANT** des oiseaux fut soudain interrompu par un sifflement strident.

Willy sortit de sa chambre en se frottant les yeux tandis que, l'un après l'autre, ses collègues de la blanchisserie s'alignaient avec lui pour l'appel. La veille au soir, il se sentait découragé quand il était entré dans cette pièce, mais la visite de Noodle l'avait aidé à se souvenir que les gens avaient besoin de son chocolat, et qu'il ne devait laisser personne – ni Scrubitt, ni Slugworth, ni qui que ce soit d'autre – lui voler ses rêves. Aussi n'avait-il pas dormi de la nuit, occupé à envisager tous les moyens possibles de s'échapper. Le monde avait besoin qu'il fabrique du chocolat, pas qu'il nettoie du linge sale. Si seulement personne n'était obligé de faire la lessive... Si seulement il existait un moyen de soulager les gens de cette corvée...

– Mauvaise première nuit, hein ? lança Piper en frémissant devant son air épuisé.

– Je n'ai pas fermé l'œil, chuchota Willy. J'ai dessiné un aristocrate imaginaire, puis je n'ai pas cessé de RÊVER aux possibilités qu'offrait ce jour.

Piper se tourna vers Abacus.

– Il a déjà craqué.

– Bell ! Benz ! Crunch ! Chucklesworth ! Wonka ! hurla Bleacher.

Docilement, les ouvriers descendirent l'escalier en file indienne jusqu'à la blanchisserie.

– Bleacher ! glapit Mrs Scrubitt quand ils

passèrent devant elle. Les toilettes sont encore bouchées !

Bleacher leva les yeux au ciel.

– Ah ! dit Willy, sautant sur l'occasion. On reconnaît bien là l'appel de l'amour.

– Hein, quoi ? aboya Bleacher.

– Ne me dites pas que vous n'avez pas remarqué ? chuchota Willy. Elle vous **AIME** à la folie !

Bleacher le fixa un instant, puis ricana :

– Mrs Scrubitt ?

Le chocolatier prit son air le plus sérieux.

– Elle est totalement sous le charme, mentit-il. Et ça se comprend. Regardez-vous, un si bel homme ! Vous auriez juste besoin de soigner un peu votre apparence, d'acheter des vêtements neufs et de prendre un bain.

– C'est quoi, un bain ? demanda Bleacher.

– Oh… juste un petit nettoyage. Une trempette dans de l'eau savonneuse. Comme quand on fait la lessive ! expliqua Willy. Une nouvelle tenue qui mettrait vos jambes en valeur, ce serait bien aussi.

Le regard de Bleacher se perdit dans le vague, et Willy sut que les rouages minuscules de son cerveau s'étaient mis en branle.

– Mrs Scrubitt serait très IMPRESSIONNÉE, ajouta-t-il pour faire bonne mesure.

– Avancez ! cria Bleacher en secouant la tête comme pour en chasser ces idées folles.

Il poussa Willy dans l'escalier qui menait à la blanchisserie.

Mais alors qu'il s'éloignait d'un pas indubitablement guilleret, le chocolatier eut la certitude que son plan était lancé.

Au rez-de-chaussée, Mrs Scrubitt entra dans la boutique et glapit :

– Bleacher ! Tu as **ENTENDU** ce que j'ai

dit à propos des toilettes bouchées ? Maudit soit ce bon à rien de paysan ! On dirait une explosion de jus de ver !

Elle s'arrêta net en voyant Noodle plantée au milieu de la pièce. Au lieu de plier du linge, la jeune fille étudiait attentivement un bout de papier.

– C'est quoi, ça ? lança Mrs Scrubitt sur un ton moqueur.

Noodle cacha immédiatement l'objet du délit dans son dos.

– Rien, Mrs Scrubitt.

La patronne posa les mains sur ses hanches et ricana.

– Tu veux retourner dans le pigeonnier, Noodle ?

– D'accord, d'accord ! fit mine de capituler la jeune fille en lui tendant le papier pour que sa patronne puisse le voir. L'autre jour, je suis allée chercher le linge sale du professeur

Monocle. Il écrit un livre sur la famille royale bavaroise. Il a accroché des portraits de nobles partout sur ses murs. Et celui-ci m'a paru... assez familier.

Mrs Scrubitt mordit à l'hameçon. Elle arracha le papier des mains de Noodle et l'examina.

Un moment, elle garda le silence, et Noodle craignit qu'elle les ait percés à jour – qu'elle ait compris que c'était juste un dessin que Willy avait gribouillé en suivant ses instructions. Mais soudain, Mrs Scrubitt s'anima.

– PAR LE SAINT JUS DE VER, **HOQUETA**-t-elle. ON DIRAIT...

– Mr Bleacher, acheva Noodle en acquiesçant furieusement.

– Tu es en train de me dire que *Bleacher* serait un aristocrate bavarois ? s'étrangla Mrs Scrubitt.

– Vous ne pouvez pas nier qu'il émane de lui une certaine noblesse tranquille, affirma la jeune fille en se retenant de rire.

Le regard de la logeuse se perdit dans le vague, et un sourire rêveur fleurit sur son visage. Noodle aussi s'autorisa un sourire. Brusquement, Mrs Scrubitt revint à la réalité.

– Pourquoi tu souris ? cracha-t-elle. VA ME CHERCHER MON JUS DE VER !

Elle lança un coup de pied à Noodle, qui décampa très vite.

Dès qu'elle fut sortie, la jeune fille jeta un coup d'œil en arrière par la porte ouverte, craignant que Mrs Scrubitt n'ait repris ses esprits. Au lieu de ça, l'horrible femme **SERRAIT** le dessin de Willy contre sa poitrine avec un soupir rêveur.

Quelques heures plus tard, une odeur de savon de luxe se répandit dans les couloirs de la blanchisserie, suivie par un bruit de pas lourds.

– Ah, ENFIN ! s'écria Mrs Scrubitt. Bleacher, les toilettes ! Je t'ai appelé toute la matinée ! Où étais-tu... ?

Elle s'interrompit, **BOUCHE BÉE**.

– Où tu as trouvé ce drôle de pantalon ? demanda-t-elle, son regard allant et venant entre Bleacher et le dessin.

La culotte courte était si serrée qu'elle crissait au moindre de ses déplacements, et il avait coiffé ses cheveux en les bombant sur le dessus.

– Je l'ai trouvé aux objets perdus. Pourquoi ? demanda Bleacher sur un ton détaché. Il me va bien ?

– Pas mal, articula Mrs Scrubitt d'une voix rauque, en s'efforçant de garder son calme.

Bleacher se dandina maladroitement. Il s'essaya à un sourire charmeur et ne réussit qu'à montrer les dents.

– Mrs Scrubitt, puis-je vous dire que vos yeux ressemblent à… deux crottes de lapin dans un bol de crème anglaise ?

– Oh, Seigneur, se pâma-t-elle, tu vas me faire rougir.

– Un petit verre de jus de ver, bel… asticot ? proposa Bleacher en débouchant la bouteille avec ses dents.

Mrs Scrubitt s'en saisit et but au goulot, puis laissa le liquide filandreux lui couler sur le menton tandis qu'elle adressait un large sourire à Bleacher.

Celui-ci lui ôta un morceau de lombric particulièrement juteux du menton et le porta lentement à sa bouche pour le déchirer avec les dents. Mrs Scrubitt frissonna de **PLAISIR**.

Debout près de la porte, Noodle plaquait son poing sur sa bouche en s'efforçant de ne pas rire – et aussi, de ne pas vomir.

Contrairement à ce qui se passait au rez-de-chaussée, au sous-sol, rien ne troublait la routine quotidienne de la blanchisserie : frotter, encore frotter, toujours frotter.

Puis Willy apparut d'un pas guilleret et

entreprit d'empiler différents objets sur un chariot : des cordes, une essoreuse, des rouleaux...

Les autres ouvriers le regardèrent *TIRER* son chargement à travers la pièce et regagner son poste. Dès que la porte se fut refermée derrière lui, de grands bruits métalliques s'élevèrent de l'autre côté.

– Je vous avais bien dit qu'il avait craqué, commenta Piper en jetant un coup d'œil inquiet à Abacus.

Tous se rapprochèrent pour coller leur oreille contre le battant.

– On devrait peut-être entrer ? chuchota Larry comme le vacarme s'intensifiait. Je pourrais raconter une blague pour lui remonter le moral ?

Soudain, la porte se rouvrit à la volée, et Willy ressortit. À la grande surprise de ses compagnons, un trou parfaitement carré se découpait à l'arrière de son pantalon.

Personne ne dit rien. Tous se contentèrent de regarder leur collègue ouvrir la porte de la blanchisserie et brandir le morceau d'étoffe manquant.

– Oh, Seigneur ! lâcha Piper. C'est un homme mort.

Tiddles bondit, masse de muscles, de crocs et de bave écumante. Willy se mit à courir en rond, et le chien le prit en chasse, sous l'œil impuissant de ses camarades.

– **YOUHOU !** rugit Willy.

Il décrivit encore un cercle avant de rebrousser chemin à fond de train vers sa pièce, Tiddles sur les talons.

La porte claqua. De l'autre côté résonnèrent des grognements, des aboiements, des bruits de déchirure et des chocs métalliques.

– C'est quoi, ça ? s'inquiéta Abacus.

– Il faut faire quelque chose ! se lamenta Larry. Mais tout ce que j'ai en réserve, ce sont des blagues.

Ce fut Lottie qui, sans dire un mot, s'avança et ouvrit la porte d'un coup de pied. Les autres se recroquevillèrent sur eux-mêmes pour se protéger contre une attaque canine, mais rien ne vint.

Quand ils finirent par se redresser, Piper éclata d'un **RIRE** hystérique.

À l'aide de cordes, de poulies et de tuyaux, Willy avait fabriqué une énorme machine, alimentée en énergie par Tiddles qui courait dans une sorte de grosse roue de hamster. Le carré d'étoffe de son pantalon était suspendu au bout d'une ficelle à quelques centimètres du museau du chien.

– Mesdames et messieurs, permettez-moi de vous présenter un tout nouvel appareil de ma création. Une innovation lessivière.

La mâchoire des ouvriers leur en tomba.

– Laissez-moi vous poser une question, poursuivit Willy. À quoi Tiddles voudrait-il passer son temps ? À courir après des facteurs ! Désormais, grâce à la Magnifique et Merveilleuse Machine à Mouvement Molossien – ne m'obligez pas à le répéter –, il pourra s'adonner à son activité favorite pendant que je me prélasserai.

– C'est génial, commenta Piper avec un signe de tête approbateur. Tu es génial, Willy.

– Bien. Cette question étant réglée, je sors un petit moment, annonça le chocolatier en se dirigeant d'un pas guilleret vers le monte-plats qui permettait de hisser le linge propre jusqu'à la boutique.

– Tu ne peux pas partir comme ça, protesta Piper. Ce n'est pas un hôtel !

– Je serai de retour pour l'appel, promit Willy.

Puis il sauta dans le monte-plats, saisit un sac à linge, se **FAUFILA** à l'intérieur et le remonta jusqu'à son cou.

– Tiddles a gentiment accepté de faire mon travail en mon absence.

Le monte-plats s'éleva et disparut, laissant les

ouvriers abasourdis agiter faiblement la main en guise d'au revoir.

Un *ping* ponctua l'arrivée de Willy dans la boutique, où il trouva Scrubitt et Bleacher en train de **GLOUSSER** ensemble dans un coin. Assise sur les genoux de son associé, Mrs Scrubitt lui posait des questions telles que : « Tu as combien de joyaux ? » et « Comment on dit "château" en bavarois ? ».

Ce à quoi Bleacher répondait : « Ça dépend. Ce caillou dans ma chaussure, c'est un joyau ? » et « C'est quoi, le bavarois ? ». Mais Mrs Scrubitt était trop éprise pour s'en apercevoir.

Noodle se précipita vers Willy, le visage illuminé par la joie. Elle lui fourra de nouveau la tête dans le sac et le hissa sur son chariot.

– Au nez et à la barbe des patrons ! chuchota-t-elle en poussant celui-ci vers la sortie.

Une fois dehors, le fugitif s'extirpa de sa cachette et s'épousseta.

– Je n'arrive pas à croire que ça ait marché ! s'exclama Noodle.

– On passe à l'étape suivante, dit Willy. Attends de voir combien de chocolats j'ai fabriqués hier soir ! (Il se mit à fouiller dans son chapeau.) Il nc nous reste plus qu'à les vendre, et… Oh, non !

Il brandit un bocal vide et le lorgna d'un œil soupçonneux.

– Que se passe-t-il, Willy ? demanda Noodle. Où sont les chocolats ?

– Encore, grogna Willy en levant théâtralement les yeux au ciel. Je ne sais pas comment te dire ça, Noodle, mais… on m'a volé les chocolats.

– Volé, répéta la jeune fille sur un ton incrédule et lourdement soupçonneux.

– **MMM-MM**, acquiesça Willy.

Noodle croisa les bras sur sa poitrine.

– Qui aurait fait ça ?

– Le petit homme orange, répondit gravement le chocolatier.

– Pardon ?

– Le petit homme orange aux cheveux verts. Je ne t'ai pas parlé de lui ? C'est mon ennemi juré, Noodle ! Il est à peu près grand comme ça, il débarque au milieu de la nuit avec ses **PETITS** pas légers, *tap tap tap tap*, et il vole tous mes chocolats. Il passe toutes les trois ou quatre semaines depuis… trois ou quatre ans maintenant.

Noodle plissa les yeux.

– Vraiment.

– Oh oui ! Parfois, je l'aperçois dans ce royaume étrange entre veille et sommeil. Ses cheveux verts brillent au clair de lune. Un jour, je le capturerai, Noodle…

– Willy ? dit la jeune fille d'un ton prudent.

– … Et ce jour-là…, poursuivit Willy.

– Willy ?! cria Noodle. Tu ne t'attends quand même pas à ce que je te croie ?

– Bien sûr que si ! Quelle autre explication pourrait-il y avoir ? demanda Willy en **AGITANT** le bocal vide sous son nez.

– Je ne sais pas. Peut-être que tu t'endors, que tu rêves d'un petit homme vert…

– Orange avec les cheveux verts, rectifia-t-il.

– Et tout en rêvant… TU TE GOINFRES DE CHOCOLAT !

Willy hoqueta.

– Comment oses-t… ? En fait, ce serait beaucoup plus logique, admit-il. Est-ce que je mange mes propres chocolats ?

Noodle leva les bras au ciel.

– Pourquoi j'ai cru que ton plan marcherait ?

Willy était toujours perdu dans ses pensées.

– Je ne crois pas. Si je mangeais mes propres chocolats quand je dors, je m'en apercevrais…

– Stupides Après la pluie, marmonna Noodle.

– Hé ! Mes chocolats ne sont pas stupides ! protesta Willy.

– Si Mrs Scrubitt nous avait vus, je serais enfermée au pigeonnier à l'heure qu'il est ! s'écria la jeune fille. Tu ne peux pas imaginer comment c'est.

– Écoute, Noodle, je suis désolé, d'accord ? Mais c'est juste un contretemps. On peut fabriquer d'autres chocolats. Le seul problème, c'est que je suis à court de lait…

Elle en ramassa une bouteille sur le pas de la porte voisine, mais Willy la lui prit des mains et la remit à sa place.

– Premièrement, c'est du vol, dit-il sévèrement. Et troisièmement, Willy Wonka n'utilise pas un ordinaire lait de vache. Pour cette création spécifique, il me faut du lait de girafe.

– Pourquoi de girafe ? interrogea Noodle.

Willy lui décocha un **SOURIRE**.

– Pour que mes chocolats dépassent leurs concurrents de plusieurs têtes.

La jeune fille ouvrit la bouche pour commenter, mais préféra ne pas se fatiguer.

– D'accord. Il se trouve qu'il y en a une au zoo.

– **FANTASTIQUE !** se réjouit Willy avant de s'éloigner d'un pas vif.

– Mais premièrement, le zoo n'est pas par là, lança Noodle.

– Pigé, acquiesça Willy en faisant demi-tour.

– Et deuxièmement, on ne va pas te laisser traire une girafe comme ça !

Il s'arrêta net, leva sa canne en l'air et tapota le petit globe doré du pommeau. Celui-ci s'ouvrit, révélant une minuscule boîte de chocolat parfaitement emballé.

– Voilà pourquoi, ma chère Noodle, dit Willy avec un sourire malicieux, nous avons beaucoup de chance que le petit homme aux cheveux verts n'ait pas trouvé ceci.

8
LE FESTICHOC

C'était le crépuscule, et le zoo venait de fermer. Dans une guérite délabrée à côté de l'entrée, un vigile lorgnait la petite boîte de chocolat de Willy d'un œil soupçonneux.

– C'est quoi ? demanda-t-il.

– Un cadeau de la direction du zoo, répondit Noodle avec **ENTHOUSIASME**. En remerciement pour toutes vos années de service !

Le vigile prit la boîte et loucha en tentant de focaliser son regard sur la minuscule praline.

– Je suis arrivé l'an dernier.

Gênée, la jeune fille se dandina.

– C'est pour ça… qu'il n'y a qu'un tout petit chocolat.

– Oh. Logique, admit le vigile.

– Tout à fait, acquiesça fièrement Noodle.

– Eh bien… merci beaucoup, dit l'homme avant de refermer la porte.

Noodle fila vers le buisson tout proche derrière lequel Willy s'était accroupi.

– Bien joué, CHUCHOTA-t-il. Maintenant, on n'a plus qu'à attendre.

– Il fait quoi ? demanda Noodle en se tordant le cou pour regarder par la fenêtre de la guérite. C'est un chocolat volant ?

– Non, pas cette fois. J'ai hâte que tu voies ça, dit Willy avec un sourire réjoui.

Ils restèrent cachés en silence pendant un moment, puis il ajouta :

– Évidemment, c'est juste un prototype, et je ne l'ai encore jamais essayé. Donc, même moi, je ne peux pas garantir ce qui est sur le point d'arriver.

Noodle se prit la tête entre les mains.

– Je l'ai appelé Festichoc, révéla Willy en se frottant les mains d'un air tout excité.

La jeune fille lui jeta un regard.

– Il est censé faire quoi ?

Soudain, il y eut une explosion à l'intérieur de la guérite, et le vigile se leva d'un bond.

– Il recrée une soirée de fête de rêve : nourriture, boisson et un SOUPÇON de divertissement.

Aussitôt, l'homme se mit à courir très vite en rond.

– Ah, il se peut qu'il faille encore ajuster les proportions, marmonna Willy. Il s'est mis à courir dans tous les sens avec ses amis, et regarde ! Maintenant, il dévore un plateau entier de sucreries. Il va sentir le goût de chacune d'elles : les choux à la crème, les nounours en gélatine, les rouleaux de réglisse…

– De la fumée ! s'écria Noodle.

En effet, de la vapeur montait depuis les pieds du vigile et emplissait sa guérite. Willy s'avança prudemment, prêt à intervenir, mais soudain l'homme s'écroula sur sa chaise avec un bruit de déglutition.

– Là, il sirote une boisson **GAZEUSE**, puis il attaquera le gâteau d'anniversaire.

– Je crois qu'il commence à s'assoupir, fit remarquer Noodle, tout excitée.

– Je suis certain d'avoir ajouté une autre couche, murmura Willy au moment où l'homme se relevait et se mettait à sauter incroyablement haut, se propulsant jusqu'au plafond avant de retomber et de rebondir.

– Ah, le château GONFLABLE, se réjouit Willy. Aucune fête ne serait parfaite sans lui.

Noodle jeta un coup d'œil impatient à sa montre.

Puis de gros sanglots bruyants, ponctués de gémissements, s'élevèrent de la guérite.

– Il est submergé par la tristesse parce qu'il ne veut pas que la fête se termine, commenta Willy en avançant la lèvre inférieure.

Noodle lui lança un regard exaspéré.

– Et enfin…, commença le chocolatier en se levant.

Il y eut un choc sourd.

– L'heure du coucher.

Noodle **ÉCARQUILLA** les yeux.

– Tu veux dire que…

– La fête l'a épuisé, acquiesça Willy avec un hochement de tête satisfait.

Les deux complices traversèrent le zoo torche à la main pour éclairer leur chemin. Ils dépassèrent un lac rempli de flamants roses.

– Pourquoi ils ne s'enfuient pas en volant ? demanda Noodle.

– Je ne sais pas, répondit Willy. Peut-être qu'ils n'y ont pas pensé.

La pancarte marquée GIRAFE pointait dans la direction du plus HAUT des bâtiments du zoo. Une fois à l'intérieur, les deux complices longèrent un couloir bordé de seaux, de paille et de portes spéciales qui permettaient aux gardiens de pénétrer dans les enclos. Willy examinait soigneusement les inscriptions sur chacune d'elles.

– Où est-elle ? Girafe… girafe… girafe… Ah ! s'exclama-t-il en ouvrant une porte à la volée d'un geste plein d'assurance.

– WILLY ! hurla Noodle. C'est l'enclos du *TIGRE* !

Willy ne voyait rien dans l'obscurité qui s'étendait face à lui, mais soudain il sentit une haleine chaude… le frôlement d'une moustache…

Noodle claqua la porte.

– Il faut vraiment que tu apprennes à lire !

– Pourquoi ? demanda Willy.

– Tu as *presque* été dévoré par un tigre !

Il leva un doigt en l'air.

– La clé, ici, c'est « presque ». J'ai presque été dévoré par un tas d'animaux. Et aucun d'entre eux n'a fait plus que me mordiller.

– « Girafe », dit Noodle en tapotant la pancarte sur la porte voisine avant d'ouvrir celle-ci.

À l'intérieur se dressait une IMMENSE girafe, toute en pattes grêles et genoux saillants. Son long cou projeta sa tête vers les intrus, telle une grue balançant une caisse au-dessus d'un quai. Ses yeux se fixèrent sur Noodle.

La jeune fille déglutit.

La girafe battit des cils très vite, comme si elle avait du mal à croire ce qu'elle voyait.

Willy souleva son chapeau pour la saluer.

– Bonsoir. Je sais qu'il est un peu tard pour les visites, Mrs...

Noodle lut la pancarte.

– Abigail, dit-elle d'une voix tremblante. Elle s'appelle Abigail.

Cela ne plut pas du tout à la girafe, qui redressa le cou et se cabra en montrant le dessous de ses sabots. Ses narines frémirent, et elle souffla un avertissement. Paniquée, Noodle bondit en arrière, glissa et s'écrasa sur le sol boueux avant de pouvoir atteindre la porte. Pendant qu'elle tentait désespérément de se relever, Willy **AGITA** les bras en direction de la girafe et dit sur un ton pressant :

– Holà, du calme ! (Il se tourna vers Noodle.) C'est valable pour toi aussi. Elle ne te fera pas de mal.

Puis il glissa une main dans sa poche et en sortit une petite sphère verte.

– C'est quoi ? demanda Noodle.

Willy tendit la bille à la girafe. Celle-ci la renifla et, instantanément, laissa retomber ses sabots au sol pour adopter un comportement beaucoup plus AMICAL, poussant Willy du museau et mordillant son chapeau.

– Un bonbon acacia menthe, répondit le chocolatier tandis que la girafe l'attrapait dans sa paume et commençait à le mâcher.

Il leva lentement une main pour gratter l'oreille de l'animal.

– Là, c'est bien, dit-il sur un ton apaisant.

Noodle se rapprocha prudemment, ouvrant de grands yeux émerveillés.

– Tu comprends, les girafes adorent mes bonbons acacia menthe, expliqua Willy en lui faisant signe de le rejoindre. Elles les aiment plus que tout au monde, hormis les grattouilles derrière les oreilles, évidemment.

La girafe leva la tête et gratifia Noodle d'un énorme coup de langue.

– Ça chatouille ! couina la jeune fille, **RAVIE**.

– Maintenant, Miss Abigail, nous avons un

service à vous demander, expliqua Willy. Si ma collègue ici présente prend le relais pour les grattouilles, me laisserez-vous prélever une ou deux pintes de votre lait ?

Quelques secondes plus tard, Willy, assis sur un tabouret, trayait la girafe pendant que très haut au-dessus de lui, juchée au sommet d'une échelle **BRANLANTE**, Noodle grattait les oreilles de l'animal comme promis.

– Tu avais déjà fait ça ? demanda-t-elle, rayonnante face à tant de magie.

– Oh oui, répondit Willy. Sans lait de girafe, mes macarons au lait de girafe n'auraient pas le même goût.

La jeune fille gloussa et secoua la tête.

– Qu'est-ce que tu peux raconter comme bêtises, Willy.

– Tu l'as dit, Noodly.

Elle rit.

– Noodly ?

– Ça ne donne rien, n'est-ce pas ? s'attrista Willy. Mais rien ne rime avec Noodle. D'ailleurs, d'où te vient ce nom ?

La jeune fille se raidit.

– Peu importe.

– Ça m'intéresse, insista Willy. Dis-moi.

Mais Noodle garda le silence.

– Tu n'es pas obligée de m'en parler si tu ne veux pas, concéda le chocolatier. Ou si c'est un secret.

Le silence se prolongea encore un peu. Mais quand Willy leva les yeux, il vit que Noodle avait cessé de gratter l'oreille de la girafe, et qu'elle tenait quelque chose dans ses mains en *COUPE*.

– C'est tout ce qui me reste de mes parents, dit-elle dans un murmure.

Elle descendit de l'échelle et tendit prudemment l'objet à Willy.

C'était un collier. Le jeune homme l'examina

attentivement. Une chevalière d'or et d'ambre était suspendue à une chaîne. Elle portait une inscription gravée.

– C'est un N, murmura la jeune fille. N comme Noodle. Ou Nora, ou Nina, ou rien du tout.

– Tu ne pourrais pas chercher son propriétaire ? suggéra Willy.

– Tu crois que je n'ai pas essayé ? Je suis allée voir tous les bijoutiers de la ville. Pendant des années, j'ai espéré que je les retrouverais, mais à présent, je sais que ça n'arrivera jamais.

Willy repoussa son tabouret et se leva.

– Ne dis pas ça, Noodle.

– Avant, je rêvais que quand je les retrouverais, ils habiteraient dans une vieille et magnifique maison, pleine de livres que je pourrais lire. Et ma mère m'attendrait sur le pas de la porte. Je courrais me jeter dans ses bras, et je me sentirais enfin chez moi. J'aurais l'impression que son **CÂLIN** durerait éternellement, et ce serait bel et bien le cas, parce qu'une fois qu'elle m'en aurait fait un, je pourrais m'accrocher à ce souvenir pour toujours.

Une boule se forma dans la gorge de Willy comme il se remémorait les étreintes de sa propre mère. Il sentait encore sa **CHALEUR** et l'odeur de chocolat de son tablier, la façon dont elle posait le menton sur sa tête et le SERRAIT très fort.

– Puis j'ai réalisé que c'était juste un rêve idiot, reprit Noodle, et elle secoua la tête comme pour en chasser les vestiges de son esprit. Voilà, tu connais toute ma triste histoire. Maintenant, on peut se remettre à traire.

– Ne laisse jamais rien ni personne te voler ce genre de rêve, dit Willy très sérieusement. Il n'a rien d'idiot.

– Tu trouves ? répliqua la jeune fille. Mes parents m'ont abandonnée dans une chute à linge et ne sont jamais revenus me chercher.

La vérité, c'est qu'ils ne voulaient pas de moi, point.

– Je sais que les choses n'ont pas été faciles pour toi, Noodle, dit gentiment Willy. Mais ça va s'arranger. Je ne te laisserai pas pourrir dans cette blanchisserie jusqu'à la fin de tes jours.

Elle leva la tête vers lui, son regard pénétrant cherchant une raison de le croire.

– Promis ?

– Mieux encore, dit Willy en se redressant de toute sa hauteur. Promis juré.

Il lui tendit sa main, et ils crochetèrent leurs petits doigts.

– Le plus fort de tous les serments, chuchota-t-il.

Noodle essuya très vite une larme et lui adressa un sourire rayonnant.

– Maintenant, reprends les grattouilles, commanda Willy tandis que la jeune fille remontait à l'échelle. On n'a plus beaucoup de temps avant que le vigile ne nous réduise en crumble, Noodle.

– Ça ne se dit pas, gloussa Noodle.

Willy **SOURIT**.

– Non, hein ? Je vais chercher mieux. Et voilà, fini ! Une petite danse pour fêter ça ?

La jeune fille secoua la tête. Alors, Willy se mit à bondir d'un pied sur l'autre en agitant les bras.

Il fit pivoter l'échelle, à laquelle Noodle s'accrocha pour ne pas tomber. Puis, **GAGNÉE** par l'enthousiasme contagieux du chocolatier, elle sauta dans le vide et se reçut sur le sol boueux avec un bruit de succion.

Ensemble, Willy et elle sortirent de l'enclos en dansant. Ils tourbillonnèrent entre les pandas, les ours polaires, les pingouins et les macareux, ondulèrent à travers la partie consacrée aux serpents, tournoyèrent sous le regard des tigres. Willy s'empara d'une grappe de ballons sur un stand ; elle était si énorme qu'elle les souleva tous les deux en l'air !

Leurs pieds agiles effleurèrent la surface gelée du lac, et les flamants roses se tordirent le cou pour les observer. Puis, comme si l'idée venait juste de leur traverser l'esprit, les oiseaux battirent des ailes et s'envolèrent. À travers la nuée de plumes roses qui les enveloppait, Willy put tout juste distinguer l'expression émerveillée de Noodle.

De la neige se mit à tomber autour d'eux. Et même si elle était glaciale, une chaleur **GLORIEUSE** brûlait dans la poitrine du jeune homme.

Ils survolèrent toute la ville – Willy, Noodle et tous les flamants roses du zoo –, dansant au-dessus du toit de la cathédrale et des dômes des Galeries Gourmet, avant de se poser près de la fontaine de la grand-place.

L'air était immobile, hormis les battements

d'ailes des flamants roses (qui s'en donnaient à cœur joie dans le ciel), et la ville dormait déjà. Willy et Noodle se regardèrent, le visage illuminé par une expression malicieuse. Puis ils s'élancèrent, galopant autour de la fontaine, **CHANTANT**, **DANSANT** et hurlant de rire.

Pourtant, tout le monde ne dormait pas. Un certain inspecteur Affable patrouillait de l'autre côté de la place. Il aperçut Willy près de la fontaine et se précipita vers une cabine téléphonique toute proche.

– Chef ? Vous savez, le type à qui vous vouliez dire deux mots ? Je crois que je l'ai trouvé.

Noodle gambadait en rond sous les encouragements de Willy.

Soudain, un coup de sifflet se fit entendre, et ils se figèrent tous les deux. Le chocolatier leva la tête. Le chef de la police se dirigeait vers eux, flanqué de l'inspecteur Affable.

– Mr Wonka ! rugit le premier, faisant sursauter même son subordonné. J'aimerais vous parler en privé.

– Tu ferais **MIEUX** de filer, dit Willy en donnant un coup de coude à Noodle.

– Mais..., commença la jeune fille.

– Ne t'en fais pas pour moi. Je me suis sorti de bien plus gros pétrins que ça. On se retrouve au chariot. On ne peut pas prendre le risque de se faire confisquer le lait après tout ça, pas vrai ?

Noodle baissa les yeux vers les bouteilles qu'elle tenait et comprit que Willy avait raison. Alors, elle hocha docilement la tête et s'élança dans la rue voisine.

Willy resta planté là. Frissonnant et les mains dans les poches, il attendit que les représentants de la loi contournent la fontaine. Le vent avait forci ; il était d'un froid mordant, aussi coupant que des lames sur ses joues.

– Vous pouvez y aller, Affable, dit le chef de

la police sur un ton bourru comme ils atteignaient Willy.

L'inspecteur s'arrêta.

– Vous êtes sûr, chef ?

– C'est entre moi et Mr Wonka.

L'inspecteur hésita.

– Affable ! tonna le chef de la police. LAISSEZ-NOUS !

Son subordonné tourna les talons et rebroussa chemin d'un pas VIF. Willy dévisagea son interlocuteur et attendit, mais l'homme ne dit rien. Au lieu de ça, il suivit du regard l'inspecteur Affable pendant que celui-ci remontait dans sa voiture et s'éloignait. Et même alors, il ne bougea pas : il resta juste planté là, se dandinant et soupirant comme s'il cherchait le courage de se lancer.

– Si c'est à propos d'Abigail..., commença Willy dès qu'ils furent seuls.

Mais avant qu'il puisse finir sa phrase, le chef

de la police le saisit par le col, le traîna à travers la neige et lui plongea la tête dans la fontaine. Le nez de Willy brisa la fine couche de glace, et une eau gelée lui remplit les oreilles. Il hoqueta et s'étrangla de frayeur, mais il eut beau se débattre de toutes ses forces, il ne put échapper à la poigne de fer de son adversaire.

– J'ai un message pour vous, l'ami, lui parvint la voix déformée de celui-ci. Ne vendez pas de chocolat dans cette ville. (Puis il sortit Willy de la fontaine.) Pigé ?! demanda-t-il, plein d'**ESPOIR**.

Willy toussa.

– Pas vraiment, je le crains.

– Ah, un petit malin. J'ai dit… (Le chef de la police l'empoigna de nouveau et lui remit la tête sous l'eau.) NE. VENDEZ. PAS. DE. CHOCOLAT.

Il le ressortit de la fontaine. Saisies par le froid, les jambes de Willy cédèrent sous lui. Il s'écroula en tas.

– Non, je ne suis pas un petit malin ! Enfin, peut-être que si, dit-il en s'efforçant désespérément de reprendre son souffle. Mais j'étais sous l'eau, donc, je n'ai pas entendu ce que vous disiez.

– Ah, je vois, lâcha le chef de la police en l'aidant à se relever. Désolé, je suis un peu à côté de la plaque. (Baissant la voix, il chuchota :) C'est le chocolat qui m'oblige à agir comme je le fais. En vérité, je n'ai aucune envie d'être là.

Willy se PRIT la tête à deux mains – elle était si douloureusement engourdie qu'il avait du mal à réfléchir.

– Moi non plus. Je n'ai plus aucune envie d'être là.

Le visage du chef de la police s'éclaira.

– Eh bien, parfait. Ça nous fait un point commun. Mais j'ai un message à vous remettre : si vous tentez encore de vendre du chocolat dans cette ville, vous allez recevoir pire qu'un coup sur le crâne.

– Je n'ai pas reçu de coup sur le crâne, fit remarquer Willy.

– Oh, lâcha le chef de la police. Où avais-je la tête ? Vous voulez bien ôter votre chapeau, s'il vous plaît ?

9
LE REGISTRE VERT

De retour chez Scrubitt et Bleacher, Noodle poussa le chariot dans lequel se dissimulait Willy juste sous le nez de leur patronne.

– Aïe, ma tête, grogna Willy tandis qu'elle se dirigeait vers la chute à linge.

– Moins fort, siffla Noodle.

Elle n'avait pas à s'en faire : Mrs Scrubitt était très occupée à ROUCOULER avec Bleacher.

– Et tes yeux, disait-elle, ressemblent à deux tomates écrasées.

Il eut un sourire gêné.

– Je ne les vois pas beaucoup, parce qu'en général ils sont occupés à regarder. Mais je vous crois sur parole.

– Oh, quel **POÈTE !** soupira Mrs Scrubitt. Mon aristocrate poète.

Noodle hissa Willy dans la chute à linge, et il glissa vers le sous-sol. Ce fut comme s'il n'avait jamais quitté la blanchisserie.

– Mr Wonka ! s'écria Abacus quand il atterrit avec un bruit sourd. C'est bien aimable de vous joindre à nous.

– Je n'arrive pas trop tard, j'espère ? s'enquit le chocolatier.

Abacus consulta sa montre.

– Non. Mais c'est tout juste.

– Pourquoi tu es trempé ? demanda Piper, soupçonneuse.

– Je me suis baigné dans la fontaine, répondit Willy en se dirigeant vers ses lessiveuses. Tiddles a bien bossé ?

– Franchement, Tiddles est **MERVEILLEUX**. La productivité a augmenté de trente pour cent ! se réjouit Abacus.

– Nous avons pris notre après-midi, intervint joyeusement Larry.

– Mais la question n'est pas là, ajouta Abacus.

– Elle est là ! dit Larry en tendant un doigt et en hochant la tête.

– Pas maintenant, les blagues, protesta Abacus sur un ton las.

– Désolé, marmonna le clown.

– La question, reprit Abacus, c'est de savoir où vous êtes allé, Mr Wonka.

– Et ce que tu as fait, ajouta Larry.

Le nez en l'air, Piper renifla.

– Et pourquoi tu sens la girafe.

Lottie se pencha vers Willy, guettant sa réponse avec intérêt.

– Je suppose que je vous dois une explication, dit celui-ci alors que Noodle arrivait avec un seau et une serpillière. La vérité, c'est que je ne vous ai pas tout raconté. En fait, je suis un chocolatier à la poursuite de son rêve, et Noodle me donne un coup de main.

– Ce n'est pas n'importe quel chocolatier, précisa la jeune fille. C'est le meilleur du monde !

Willy rougit.

– Oh, Noodle, tu me flattes. Mais elle a raison. Mes créations sont **PARFAITES**.

– Son plan consiste à vendre des chocolats pour payer Mrs Scrubitt. Du moins, ça l'était jusqu'à ce que…

Noodle n'acheva pas sa phrase.

– Laissez-moi deviner. Vous êtes tombés sur le chef de la police, lança Abacus.

– Comment vous le savez ? s'écria Willy, surpris.

– Parce que c'est ce qui arrive à toute personne qui tente de vendre du chocolat dans cette ville, répondit Piper.

– Pourquoi ? demanda Noodle.

– Pour trois raisons, expliqua Abacus en levant la main pour compter sur ses doigts. Slugworth. Fickelgruber. Et Prodnose.

– Je croyais qu'ils étaient rivaux, fit remarquer la jeune fille.

– Ah, c'est ce qu'ils veulent faire croire au public. La vérité, c'est qu'ils travaillent ensemble. Ils forment une sorte de cartel du chocolat, si on peut dire.

Willy s'écroula sur un tas de linge et laissa tomber sa tête dans ses mains. C'était pire qu'il ne le pensait.

– Comment vous le savez ?

Abacus s'assit près de lui avec une mine coupable.

– Parce que j'ai été le comptable de Slugworth. Pendant une semaine.

Les autres se penchèrent plus **PRÈS**, curieux d'écouter son histoire.

– Un matin, j'ai reçu un coup de fil. Le comptable d'un chocolatier de **LUXE** était malade, et on m'a demandé de le remplacer, expliqua Abacus en parlant lentement pour que son auditoire n'en perde pas une miette. Ça avait l'air d'un boulot normal. Jusqu'à ce que je réalise qu'il tenait deux comptabilités parallèles : une pour les autorités, et la vraie. J'ai découvert la seconde le soir où j'ai apporté le registre sur lequel je venais de travailler dans son bureau. L'endroit était vide ; tous les employés étaient déjà rentrés chez eux. J'allais partir moi aussi mais, soudain, j'ai aperçu un autre registre dans les affaires de Slugworth. Un registre vert, alors que celui sur lequel j'avais travaillé était rouge. Bien entendu, j'ai jeté un coup d'œil : s'il y avait d'autres opérations à examiner, je devais m'en occuper. Et, bon…

– Oui ? demanda Willy en se penchant encore plus près.

– C’est là que j’ai réalisé que cet homme est un escroc ! chuchota Abacus. Slugworth, Fickelgruber et Prodnose coupent leur chocolat à l’eau et le stockent dans une crypte secrète au sous-sol de la cathédrale, où il est gardé nuit et jour par un prêtre corrompu et cinq cents moines accros au chocolat.

Willy et Noodle poussèrent un ***HOQUET*** de stupéfaction.

– J’ose dire que personne d’autre n’est au courant, mais c’est une opération plus folle que quiconque ne pourrait l’imaginer, poursuivit Abacus. Il y avait des factures douteuses, des reçus et des plans montrant de quelle façon ils acheminent le chocolat depuis leurs trois usines jusqu’à la crypte secrète. Ils s’en servent pour corrompre ou faire chanter les autorités et décimer leurs concurrents. Toute la ville est sous leur contrôle.

– On ne peut rien faire pour le chocolat ?

demanda Noodle en jetant un coup d'œil interrogateur à Willy. S'ils ne l'avaient plus…

– Leur chocolat est gardé comme un trésor **INESTIMABLE**, répliqua Abacus. Même si vous arriviez à franchir le barrage du prêtre et des moines, on n'accède à la crypte que par un ascenseur dissimulé, dont le code à neuf chiffres change tous les jours. Et ce code n'est noté nulle part en entier : chacun des chocolatiers ne connaît que trois chiffres, de façon à ce qu'aucun d'eux ne puisse accéder au chocolat sans les autres.

Willy et Noodle échangèrent un regard inquiet.

– J'ai passé toute la nuit à examiner le registre vert, poursuivit Abacus. À l'aube, j'ai entendu un bruit de pas – c'était Slugworth ! J'ai plongé sous son bureau juste à temps. Il a pris le registre et lancé : « Miss Bonbon, je l'emporte à la crypte. »

Willy secoua la tête.

– Évidemment. Pour le cacher, sans doute.

– Et ce n'est pas tout, avoua Abacus avant de **DÉGLUTIR**… Slugworth s'est arrêté sur le pas de la porte. Puis, d'une voix débordante de malveillance comme je n'en avais jamais entendu, il a lancé : « Mr Crunch, vous êtes viré. »

– Oh non ! Il savait que vous étiez là et que vous l'aviez vu ! s'écria Willy.

Abacus acquiesça gravement.

– Bien entendu, je suis allé tout droit voir la police, et j'ai tout raconté au chef. Mais ils l'avaient déjà mis dans leur poche. J'ai été arrêté et inculpé pour Diffamation Envers un Capitaine d'Industrie et Dissimulation sous un Bureau. L'amende m'a coûté jusqu'à mon dernier sou.

– Je n'y crois pas, lâcha Willy, le regard perdu dans le lointain. Et moi qui croyais que se dissimuler sous un bureau était passible d'une longue peine de prison !

Tout le monde le dévisagea.

Noodle, qui s'était habituée aux excentricités de son ami, se contenta d'esquisser un sourire affectueux et de dire :

– Continuez, Abacus.

– Tout ce dont j'avais besoin, c'était un endroit où me poser jusqu'à ce que je puisse trouver un moyen de rentrer chez moi, expliqua tristement le comptable. Je me suis allongé sur un banc près du canal, et c'est là que Bleacher m'a trouvé. C'était il y a quatre ans.

Les autres l'**ENTOURÈRENT** pour le réconforter avec des mots de compassion.

– Je suis navré, Mr Wonka, reprit Abacus. Mais à en juger par la bosse sur votre tête, le cartel vous considère comme un concurrent sérieux, et ils ont réussi à vous acculer. Vous ne pouvez pas avoir de boutique sans vendre de chocolat, et dans cette ville, vous ne pouvez pas vendre de CHOCOLAT sans avoir de boutique.

10

UN TOUR DE MAGIE

Cette nuit-là, Willy s'affaira dans sa chambre, enveloppé d'un nuage de chocolat, pulvérisant, moulant et jetant des ingrédients par-dessus son épaule dans une mixture pâteuse.

Plus que jamais, il était déterminé à partager son art avec le monde entier. Il ne pouvait pas se laisser arrêter par une bande d'escrocs, et surtout, il ne pouvait pas décevoir la pauvre Noodle.

Quand le mélange fut prêt, il se dirigea vers

la fenêtre, passa la tête entre les barreaux et chuchota :

– Pssst, Noodle !

Aussitôt, une lumière s'alluma dans la chambre voisine, dont la fenêtre se trouvait à gauche de celle de Willy.

– Quoi, Willy ? demanda la jeune fille d'une voix ensommeillée.

Il lança l'extrémité d'une corde dans sa direction.

– Attrape !

La main de Noodle jaillit et saisit la corde au vol.

– Bien joué, chuchota Willy.

Puis il prit un panier, passa la corde dans l'anse et le poussa vers la gauche.

– Regarde à l'intérieur, dit-il en se tordant le cou pour observer Noodle.

Celle-ci retira un bocal de chocolats du panier, si *FRAIS* et encore si tièdes qu'ils avaient embué la surface du verre. Elle le retourna en essayant de voir ce qu'il contenait.

– Ton salaire, expliqua Willy. Je t'ai promis du chocolat à vie, tu te souviens ?

Noodle **SOURIT**.

– Tu n'es pas obligé de faire ça.

– Balivernes ! Je t'ai donné ma parole.

– Alors, merci. Moi aussi, j'ai quelque chose pour toi.

La jeune fille roula un bout de papier, le déposa dans le panier et fit glisser celui-ci jusqu'à Willy.

– Pour moi ? s'exclama le chocolatier, désarçonné.

La bannette heurta sa fenêtre, et il y repêcha une feuille visiblement arrachée d'un carnet. Noodle avait griffonné quelque chose dessus : un objet pointu, avec deux pieds comme ceux du tabouret à traire. Willy le retourna et fut soulagé de réussir à identifier ce que c'était.

– Un dessin d'un verre à moitié plein ! Merci, Noodle. Tu as parfaitement su saisir notre attitude de ces derniers jours. Nous aurions facilement pu renoncer, mais tu m'as apporté du gruau et rappelé que j'étais Willy Wonka…

– C'est un A, coupa Noodle. Tu sais, la première lettre de l'alphabet ? Je t'apprends à lire.

– Oh, Noodle, dit Willy en pressant le bout de papier contre son cœur. Tu as déjà tant fait pour moi ! Très franchement, je ne crois pas que j'arriverai à lire un jour, mais j'apprécie le GESTE.

– Si, tu y arriveras, répliqua fermement Noodle. Je refuse que mon associé se fasse dévorer par un tigre. Ou qu'il se fasse presque dévorer.

– Alors, on est associés ? demanda Willy, tout excité.

La jeune fille haussa les épaules d'un air désinvolte.

– Évidemment. Mais je ne vois pas comment on va vendre ton chocolat. Il faudrait que tu puisses te volatiliser chaque fois que la police apparaît.

– Comme un magicien ! s'exclama Willy. Mais les magiciens utilisent des tas de trucs : des cartes à jouer, des lapins, des ficelles, des poulies, des trappes… Et nous n'avons rien de tout ça.

La lumière s'alluma dans la chambre qui se trouvait juste après celle de Noodle.

– En fait, si, intervint Piper.

– Comment ça ? s'écrièrent en chœur Willy et Noodle, en se penchant le plus possible par leurs fenêtres respectives pour pouvoir la voir.

– Il y a des trappes dans toute la ville, expliqua Piper. On les appelle des bouches d'égout. Je serai **RAVIE** de vous les montrer, si je peux participer.

Le cœur de Willy palpita d'excitation.

– Tu es sûre, Piper ? Tu te mettrais en grand danger.

Leur camarade leva les yeux au ciel.

– Écoute… Un jour, j'étais chez Slugworth, en train d'installer une machine à café. Un vieux vagabond est passé et m'en a demandé une tasse. Je la lui ai donnée. Slugworth m'a vue, et il m'a fait virer. C'est comme ça que j'ai atterri ici. Donc, ouais, tu peux être sûr que j'ai envie de me venger du cartel !

– Dans ce cas, d'accord, dit Willy avec un large sourire. Bienvenue dans l'équipe !

Puis il jeta un chocolat à Piper.

– *Mmm !* C'est du sacré bon chocolat, commenta-t-elle. En échange, je te montrerai peut-être la bouche d'égout que je ne montre jamais à personne.

La lumière s'alluma dans la chambre après celle de Piper.

– Hé, lança la voix de Larry. Si vous recrutez,

je veux en être. Je n'ai aucune compétence pratique, mais je sais parler comme si j'étais sous l'eau. **BLOUBLOUBLOUB** *bloub bloub* je suis sous l'eau *bloub bloub*.

Willy applaudit.

– J'ai été transporté d'admiration, Larry, sincèrement ! Tu es des nôtres !

– Et si vous avez besoin de quelqu'un pour gérer vos communications, je suis votre femme, lança quelqu'un dans l'obscurité.

Ils se figèrent tous, et pendant un moment, personne ne dit rien.

– Lottie ? finit par lancer Noodle.

– Je ne savais même pas qu'elle pouvait parler ! s'écria Piper tandis que chacun se penchait par sa fenêtre pour voir si c'était bien elle.

– Pourquoi vous me regardez tous comme ça ? demanda Lottie.

– Je croyais que tu étais mime, avoua Larry. Une excellente mime.

Elle haussa les épaules.

– Non, je suis juste **DISCRÈTE**. Du temps où je travaillais au standard téléphonique, je jacassais toute la journée – un vrai moulin à paroles. Mais depuis mon arrivée ici, je n'ai pas grand-chose à raconter.

– Ça va bientôt changer, lui assura Willy.

La lumière dans la chambre après celle de Lottie s'alluma.

– Navré de doucher votre enthousiasme, lança la voix d'Abacus, mais si Mrs Scrubitt vous surprend en train d'essayer de vous échapper, elle ajoutera cinq mille souverains à la facture de chacun d'entre vous. Alors, réfléchissez bien avant de vous engager dans ce plan abracadabrant.

– Mais il n'est *pas* abracadabrant, Abacus ! protesta Noodle.

– Et si je peux me permettre de vous le rappeler, il y a beaucoup de travail à la blanchisserie, ajouta-t-il.

– En fait, j'ai eu une idée qui vous libérerait et vous permettrait de vous joindre à nous, dit Willy.

– Allez, Abacus, insista Noodle en lui lançant une praline, les chocolats de Willy sont INCROYABLES. Goûtez !

Abacus l'attrapa au vol et la fourra dans sa bouche.

– C'est très gentil à toi, Noodle, mais je me fiche que ses chocolats soient bons, je… (Il se figea et **ÉCARQUILLA** des yeux émerveillés.) On commence quand ?

11

VOUS N'AVEZ JAMAIS RIEN MANGÉ D'AUSSI BON

Dès le lendemain, ils mirent leur plan à exécution. Le soleil se levait à peine dans le ciel *DÉLAVÉ*, et la grand-place commençait tout juste à s'animer que déjà Noodle était là avec son chariot à linge. Les autres s'extirpèrent de leurs sacs et se mirent en position.

Piper s'élança dans une ruelle. Larry se posta à un bout de la place pour monter la garde, et Lottie à l'autre. Abacus était chargé du bocal des paiements, et Noodle resta près de Willy pour surveiller les environs. Le jeune chocolatier était à peine reconnaissable avec son pantalon noir et sa chemise blanche. Il portait un plateau pareil à celui d'un serveur. Une par une, il y empila ses créations. Personne ne lui prêtait la moindre attention, et il ne pouvait s'empêcher de sautiller dans la neige – la liberté que lui conférait son déguisement et cette situation pleine de suspense lui donnaient envie de se mettre à **DANSER !** Non loin de là, les propriétaires de stands disposaient leurs marchandises pour la journée : légumes, flacons de parfums et toute sorte de produits.

La fleuriste, toutefois, passait une matinée très différente de celle des autres. Remarquant la scène, Willy se rapprocha discrètement tandis qu'un homme mettait un genou en terre et tendait une bague vers elle. Ses mains glacées tremblaient comme s'il redoutait la réponse.

– Oh, je ne sais pas trop, Colin, lâcha la fleuriste. Tu es charmant et tout et tout, mais je cherche quelqu'un qui me fera tourner la tête, tu comprends ? Qui m'enlèvera pour mener une vie d'**AVENTURES !** Tu crois que ça pourrait être toi ?

– *Mmm*… Non, Barbara, admit Colin.

La fleuriste se décomposa.

– Oh ! c'est vraiment dommage.

– Pas avec mon manque d'assurance chronique, je le crains, soupira Colin. Bon, ben, je ferais mieux d'y aller.

Il se releva et épousseta la neige des genoux de son pantalon.

– M-mais Colin, bredouilla la fleuriste.

– Désolé de t'avoir fait perdre ton temps, Barbara. Taxi !

Il tendit le bras pour en héler un, mais le chauffeur poursuivit sa route comme s'il ne l'avait pas vu. Il roula dans une flaque, éclaboussant Colin d'un épais mélange de boue et de neige fondue.

Willy se rapprocha et saisit pour ce dernier un parfait macaron sur son plateau : il arborait les mêmes taches qu'une girafe et était surmonté de deux petites oreilles.

Colin le renifla d'un air méfiant.

Il mordit prudemment dedans, et aussitôt il se REDRESSA fièrement. Puis il se mit à danser.

En quelques instants, une foule fondit sur eux.

– Chocolat pour tous ! s'écria joyeusement Willy tandis que les gens lui brandissaient leur argent sous le nez.

Soudain, un sifflement se fit entendre. Willy se tourna vers Noodle, qui montait la garde près de la fontaine. La jeune fille siffla de nouveau et agita frénétiquement un doigt vers une des rues donnant sur la place. Le cœur de Willy se serra à la vue du chef de la police et de plusieurs de ses agents qui les chargeaient.

Rapide comme l'**ÉCLAIR**, il fit volte-face et s'élança dans la direction opposée.

Derrière lui résonnaient les cris de joie de Colin.

– Je n'ai jamais rien mangé d'aussi bon ! JE N'AI JAMAIS RIEN MANGÉ D'AUSSI BON !

Willy accéléra, s'engouffrant dans la ruelle où Piper l'attendait. En sueur et les muscles douloureux, elle tenait ouverte une lourde plaque métallique.

– Votre trappe, monsieur le magicien ! plaisanta-t-elle tandis qu'il se faufilait dans le trou et se laissait tomber dans le passage en contrebas.

Levant les yeux, il vit Piper remettre la plaque en place. Le raclement du métal fut bientôt remplacé par un silence total comme le dernier rai de lumière s'évanouissait, le plongeant dans le noir. Quelques secondes plus tard, le tonnerre d'une course résonna au-dessus de sa tête. Plusieurs personnes s'arrêtèrent à son aplomb, et il entendit la voix étouffée du chef de la police :

– Vous auriez vu un homme avec un comportement bizarre, à peu près de cette taille, chanter des trucs sur le chocolat ?

– Non. Je l'aurais forcément remarqué, répondit Piper.

Willy gloussa avant de s'éloigner en gambadant dans le tunnel, accompagné par le JOYEUX bruit d'éclaboussures de ses bottes.

Les égouts étaient pareils à un monde parallèle. Au fil des jours, leurs passages souterrains devinrent une seconde maison pour Willy. Il s'y promenait avec ses bocaux de chocolats, soulevant son chapeau pour saluer les rats qu'il croisait. Les tunnels lui permettaient de se déplacer partout à travers la ville, et il ne tarda pas à en jaillir un peu n'importe où. Tout le monde ne parlait que de ses mystérieuses apparitions, et tout le monde n'espérait qu'une chose : le voir se matérialiser comme par magie sous son nez. La ville entière avait désespérément envie de goûter les chocolats Wonka.

Et grâce à ses nombreux déguisements, il devenait de plus en plus difficile à repérer. Un jour, il prit le tram vêtu comme un contrôleur, avec un képi beige et une veste assortie. Il avait préparé une nouvelle recette, avec du chant et de la danse dans chaque ingrédient, et il voulait absolument la tester. Le tram qui filait sur ses rails lui semblait un endroit tout indiqué pour son essai : si quelque chose tournait mal, les passagers resteraient contenus à l'intérieur des voitures (du moins l'espérait-il). C'était PARFAIT !

– Regardez ! Regardez ! J'ai un chocolat Wonka ! s'écria une dame, folle de joie, tandis qu'il déposait une praline rouge **LUMINEUSE** dans sa paume.

Aussitôt, tous les autres passagers bondirent hors de leur siège, criant et glapissant : « C'EST LUI ! », tendant la main et suppliant pour avoir un chocolat eux aussi.

– Une seule bouchée et vous danserez au son de votre propre mélodie ! promit Willy.

Émerveillés, les passagers regardèrent la dame qui venait d'engloutir sa praline tendre les bras au-dessus de sa tête et commencer à lever alternativement les jambes. Willy jeta en l'air le contenu d'un bocal, et tous sautèrent pour les rattraper au vol – certains directement dans leur bouche ! Peu de temps après, les passagers du tram chantaient et dansaient. Certains ondulaient mollement tandis que d'autres s'agitaient follement. Une femme en particulier exécutait un french cancan, faisant tomber à coups de pied les chapeaux de tous ceux qui l'entouraient.

Willy s'assit au fond de la voiture, croisa les jambes et se détendit avec un soupir satisfait. En observant le chaos qu'il avait semé, il se sentit immensément **CONTENT** de lui.

Les ouvriers de la blanchisserie ne se trouvaient jamais bien loin : Lottie et Larry montaient la garde, Piper identifiait les meilleures échappatoires, et Abacus s'occupait de l'argent. Le travail de Noodle consistait à seconder Willy dans sa distribution de chocolats.

Bien entendu, chaque session de vente se terminait brusquement quand l'un d'eux donnait l'alarme et que la police chargeait.

Cette fois, quand le tram ouvrit ses portes à l'arrêt suivant, le chef de la police monta à bord. Mais Lottie veillait : aussitôt, deux sifflements aigus retentirent. Willy se précipita vers Piper, qui souleva une trappe dans le plancher, et il se laissa tomber par le trou, tout droit dans la bouche d'égout qui béait dessous.

– Il était juste là ! rugit le chef de la police en bousculant les passagers dans sa frustration. Où est-il passé ?

Mais tous continuèrent à chanter et à danser tandis qu'il devenait POSITIVEMENT violet de fureur.

On peut dire que le chef de la police était plus qu'un peu abasourdi par les disparitions de Willy Wonka, et épuisé par cette traque constante. Pour couronner le tout, il avait affaire à un cartel de plus en plus irrité, dont les ventes s'effondraient à cause de Willy.

Un autre jour, Willy sortit d'une bouche d'égout et pénétra d'un pas guilleret dans une échoppe de barbier, les mains en l'air. Dans chaque poing, il tenait un **DÉLICIEUX** éclair à la crème surmonté de ce qui ressemblait fort à une authentique moustache.

– Goûtez donc ce gâteau, monsieur !

– De quoi est-il fait ? demanda un client à moitié chauve.

– Eh bien, de chocolat. Et d'une goutte de sueur de yéti.

– Une goutte de sueur de yéti ?! s'écria l'homme.

– Je sais que ça paraît peu, admit Willy. Mais *une seule* goutte de plus aurait des conséquences catastrophiques.

– Mais… UN YÉTI ?! glapit le client.

Dans la cour de l'école voisine, Willy vendit des bonbons ressorts qui propulsèrent les enfants à des hauteurs vertigineuses, puis les laissèrent retomber souplement à terre, sans un seul os brisé !

Willy regarda ses jeunes clients disparaître dans les nuages, et comme leurs cris de ravissement pleuvaient sur lui, il sourit.

Partout à travers la ville, les gens chantaient les louanges de Willy Wonka et ne parlaient que de ses chocolats extraordinaires.

Et pendant ce temps, lui se déplaçait librement sous leurs pieds. Les tunnels étaient sombres, humides et puants, mais jamais il ne s'était senti plus près de réaliser son rêve.

Si, pendant la journée, les ouvriers de la blanchisserie vendaient des sucreries ***EN DOUCE***, le soir, Noodle et Willy se consacraient à leurs cours de lecture. La jeune fille se tenait debout face à son ami assis sur une chaise d'écolier trop petite, le visage grimaçant de perplexité. On avait connu des élèves qui apprenaient plus vite.

– C'est quoi, ça ? demanda Noodle en désignant un A.

– Je sais ! s'écria Willy.

– Oui… ? l'encouragea la jeune fille.

– C'est une mouche de Chocovol stylisée !

Noodle soupira.

Bientôt, le groupe eut gagné assez d'argent

pour envisager d'échapper prochainement à la blanchisserie.

Mais un jour, pendant qu'ils distribuaient des chocolats sur la grand-place, Larry donna l'alarme.

Le chef de la police chargeait, bousculant des stands et renversant les passants qui se dressaient sur son chemin. Les ouvriers détalèrent tandis que Willy filait dans une ruelle et se laissait tomber dans une bouche d'égout.

– Ils étaient juste là ! se lamenta le chef de la police.

Abasourdi, il tourna sur lui-même au milieu de la place. Autour de lui, les gens **DANSAIENT**, la bouche barbouillée de chocolat. Il était sur le point d'exploser quand quelque chose attira son attention : une petite bosse près de la bouche d'égout. Il se mit à quatre pattes et inclina la tête jusqu'à ce que son nez la touche presque. Un chocolat ! Mais pas n'importe quel chocolat : une praline Wonka. Mieux encore, elle était à demi écrasée par la plaque d'égout, ce qui signifiait que la personne qui l'avait lâchée était passée par l'ouverture.

– Alors, c'est comme ça que vous faites, lâcha le chef de la police, un petit sourire ÉTIRANT ses lèvres.

De nouveau, il baissa la tête et colla son oreille contre le sol. Un bruit de pas souterrains le fit sourire plus largement.

– Affable, postez un agent près de chaque bouche d'égout de la ville !

– Vous êtes sûr, monsieur ? On ne devrait pas plutôt se concentrer sur toutes ces affaires de meurtre ?

– Non. C'est ça, la priorité. Filez pendant que vous le pouvez encore, Mr Wonka. Filez pendant que vous le pouvez encore…

12

JE TE TIENS !

Cette nuit-là, pendant que la ville dormait, une minuscule silhouette se faufila jusqu'à la blanchisserie. Elle sortit discrètement un objet de sa poche : une petite arbalète en métal munie d'un gros crochet au bout d'un câble. Elle la **LEVA** et appuya sur la détente. Vif comme l'éclair, le crochet fusa à travers l'obscurité et heurta les barreaux de la fenêtre de la chambre de Willy avec un léger *clink*. La silhouette tira sur le câble pour vérifier qu'il était bien accroché, puis elle se mit à grimper.

Arrivée sur le rebord de la fenêtre, elle se faufila aisément entre les barreaux et se laissa tomber sur le sol. *Tap tap tap tap*. Elle dépassa Willy qui, en proie à un songe de rivière de chocolat et d'arbres en chocolat, **FREDONNAIT** une joyeuse mélodie entre deux ronflements.

La silhouette minuscule fila jusqu'au fond de la pièce et s'arrêta près d'un bocal de pralines posé par terre. Elle émergea de l'ombre, révélant une chevelure verte, leva avidement les bras, fit un autre pas en avant et…

SNAP !

Une latte du plancher se souleva, heurtant l'intrus en pleine figure et le faisant voler à travers la pièce. Il s'écrasa contre le mur et retomba dans un entonnoir habilement placé au-dessus d'un bocal en verre. Dès qu'il eut atterri à l'intérieur, le couvercle se referma pour l'emprisonner.

– JE TE TIENS ! rugit Willy en bondissant hors de son lit, se précipitant pour inspecter sa prise.

– Laissez-moi sortir ! glapit l'intrus.

Willy faillit tomber à la renverse.

– Tu parles !

– Bien sûr que je parle, imbécile ! Maintenant, laissez-moi sortir ! J'exige qu'on me libère ! tempêta le prisonnier en donnant un coup de pied dans la paroi en verre.

– Pas avant de t'avoir examiné, répliqua Willy.

Il posa le bocal sur son bureau et alluma la lumière.

– Le petit homme orange aux cheveux verts, dit-il sur un ton SATISFAIT. Je *savais* que je ne mangeais pas mon propre chocolat dans mon sommeil. Donc, c'est toi la drôle de petite créature qui me suit.

Indigné, l'intrus bomba le torse.

– Drôle de petite créature ! Comment osez-vous ? Je suis d'une taille parfaitement respectable pour un Oompa-Loompa.

– Un Oompa quoi ?

– En fait, à Loompaland, je suis quasiment considéré comme un **GÉANT**, se vanta-t-il. On me surnomme le Colosse. Donc, je vous remercierais de ne pas me regarder comme quelque chose que vous auriez trouvé dans votre mouchoir. Je trouve ça gênant, et franchement malpoli.

– Je suis vraiment désolé, dit Willy.

– Et laissez-moi sortir ! cria l'Oompa-Loompa. Vous n'avez pas le droit de mettre des innocents en bouteille !

– Des innocents ? protesta Willy. Tu me voles depuis des années !

L'Oompa-Loompa agita l'index.

– C'est vous qui avez commencé en volant nos fèves de cacao !

– De quoi tu parles ? demanda Willy, inquiet. Jamais je ne volerais qui que ce soit.

– Vous voulez dire que vous ne vous en

souvenez même pas ? s'écria le petit homme. C'est encore pire.

– Me souvenir de quoi ?!

L'Oompa-Loompa pressa son visage contre le verre jusqu'à ce que son nez soit complètement aplati, puis répondit gravement :

– La nuit où vous avez fichu ma vie en l'air.

– Je ne m'en souviens pas du tout, confirma Willy. Tu es sûr que c'est arrivé ? Peut-être que tu me confonds avec quelqu'un d'autre.

– Mon travail à Loompaland consiste à veiller sur nos fèves de cacao, expliqua l'**OOMPA-LOOMPA** d'un air bougon. Nous n'en avons pas beaucoup, car ce n'est pas l'endroit idéal pour les faire pousser. Et un soir, vous débarquez et vous les emportez toutes !

Willy fronça les sourcils et réfléchit, repassant toutes ses aventures dans sa tête. Mais il en avait vécu beaucoup, et il ne voyait pas de quoi… Soudain, il sursauta. Il venait de se souvenir du petit bateau, de l'île magnifique baignée de lumière et des énormes fèves de cacao qu'il avait cueillies là-bas.

– Pourquoi tu n'as rien dit sur le coup ? Si j'avais su, je me serais arrêté !

– Eh bien, peut-être que je me suis assoupi, admit l'Oompa-Loompa avec une grimace. Quand je me suis réveillé, tous mes AMIS m'entouraient, et ils étaient furieux. Ils m'ont chassé. Exilé. Jeté dehors. Je ne pourrai rentrer chez moi que quand je serai en mesure de les rembourser.

– Écoute, dit Willy. Si tu me voles mon chocolat depuis des années pour me punir d'avoir emporté trois fèves…

– Quatre ! corrigea le petit homme.

– Je suis certain qu'on peut trouver un accord, mais il est hors de question que je te donne tout mon stock. D'autres gens comptent sur moi, expliqua Willy.

– D’accord, dit l’Oompa-Loompa en jetant un regard soupçonneux à la ronde. Vous savez quoi ? Laissez-moi sortir, et discutons-en comme des adultes.

– Ce serait MERVEILLEUX, convint Willy. Faisons ça.

– Très bien. Retirez le couvercle du bocal, énonça lentement l’Oompa-Loompa.

– Bien entendu.

Le petit homme plissa les yeux tandis que le chocolatier obtempérait et le laissait s’extirper de sa prison.

– Merci, dit-il en s’époussetant. Maintenant, auriez-vous la gentillesse de me passer cette poêle à frire miniature ?

Willy tendit la main vers un assortiment de petites poêles suspendues à sa valise.

– Celle-là ?

Les yeux de l’Oompa-Loompa s’étrécirent davantage.

– La plus grosse.

– Voilà, dit Willy en la lui remettant.

– Oooh, elle est drôlement lourde, pas vrai ? commenta le petit homme en la retournant dans sa main. Maintenant, approchez-vous un peu. Encore. Allez, plus **PRÈS**.

Willy se pencha jusqu'à ce que…

PAF !

– Aaaargh ! hurla-t-il tandis qu'une douleur horrible lui barrait le front. Tu m'as frappé ! Bien sûr, c'était un accident…

Mais le petit homme était trop occupé pour l'écouter. Il piétina rageusement chacun des doigts de Willy, faisant glapir le jeune chocolatier. Puis il s'empara du bocal de pralines et sauta sur le bord de la fenêtre.

– LES OOMPA-LOOMPAS NE NÉGOCIENT PAS, rugit-il. Bonne journée, monsieur !

Sur ces mots, il disparut dans la nuit.

13

LA BOUTIQUE

Le lendemain matin, Noodle sortit de chez Scrubitt et Bleacher en traînant son chariot et se dirigea vers le centre-ville. Aux yeux des passants, elle devait avoir l'air de parler au linge propre.

– Il est revenu ? répéta-t-elle sur un ton peu convaincu.

Le sac dans lequel se cachait Willy se **TORTILLA**.

– Oui, Noodle !

– Un petit homme vert ? lança la voix d'Abacus, perplexe, depuis son propre sac.

– Aux cheveux verts, rectifia Piper depuis le sien. Sa peau est orange.

– C'est ça, acquiesça Willy. Je lui ai tendu un piège, et il s'est jeté droit dedans !

Noodle arrêta le chariot.

– Alors, où est-il ?

Il y eut une **LONGUE** pause, puis Willy répondit :

– Eh bien, nous nous sommes disputés. Et il a gagné. Il m'a tapé dessus avec une poêle à frire, puis il m'a écrasé les doigts avant de voler mes chocolats et de sauter par la fenêtre.

– Évidemment, lâcha Noodle.

Elle donna une tape sur le chariot pour indiquer à ses passagers clandestins que la voie était libre.

– Tu ne me crois pas, c'est ça ? demanda Willy en sortant de son sac.

– Honnêtement ? Non, pas du tout, répondit Noodle.

– Et vous, vous me croyez ?

Les autres le fixèrent tous d'un air absolument **FASCINÉ**, comme de jeunes enfants regardant un singe faire des bêtises au zoo.

– Non, avoua Abacus.

– Non plus, dit Piper.

Lottie secoua la tête.

– Euh, non.

– Nooooon, chantonna Larry.

Noodle eut un sourire malicieux.

– Mais il se trouve que nous n'avons pas besoin de vendre des chocolats aujourd'hui.

– Ah bon ? Pourquoi ? interrogea Willy.

– Tu vois cette boutique ? Celle dont tu rêves ?

Un instant, le cœur de Willy cessa de battre.

– Eh bien…

Noodle brandit un trousseau de clés.

Ils s'y rendirent immédiatement, traversant les Galeries Gourmet en trombe. Une fois sur place, Willy baissa les yeux vers les clés qui luisaient dans sa main. Il avait du mal à respirer.

– Ce ne sont pas seulement les clés d'une boutique, dit-il, stupéfié par ce que ses amis avaient fait pour lui. Ce sont les clés de mon rêve.

– D'un point de vue légal, ce n'est qu'une boutique, mais d'un point de vue émotionnel, d'accord, c'est aussi votre rêve, convint Abacus sur un ton désinvolte.

– Oh, laissez-le profiter, dit Piper.

Et Willy crut même voir une larme briller dans ses yeux.

– Je n'arrive pas à croire à tant de **GENTILLESSE**, lâcha-t-il d'une voix éraillée par l'émotion.

Noodle rit.

– Le chocolatier capable de faire voler les gens ne croit pas à tant de gentillesse ? Tu plaisantes !

Willy **SOURIT** à chacun.

– Je n'ai pas ressenti ça depuis que j'étais enfant et que je vivais encore chez moi.

Il introduisit prudemment la clé dans la serrure et tourna. La porte s'ouvrit en craquant, et ils entrèrent tous ensemble.

Les mains sur les hanches, Willy balaya du regard l'intérieur de la boutique. Elle avait besoin d'être remise en état, pour sûr. Le papier peint se décollait des murs et la plus grande partie du plafond gisait par terre en compagnie d'un lustre en morceaux.

– Il y a du boulot, commenta Abacus.

– On dirait que quelqu'un a laissé un robinet ouvert il y a vingt ans et que le plafond s'est effondré, commenta Piper. Et aussi le plafond de l'étage du dessus, et celui de l'étage du dessus…

– Mais ça veut dire qu'on peut s'offrir le loyer ! Pour une semaine, du moins, précisa Abacus.

Willy sentait Noodle l'observer anxieusement.

– Qu'est-ce que tu en penses ? chuchota la jeune fille. Ça peut marcher ?

– C'est un gros chantier, répondit-il. Je n'avais jamais vu de boutique en si mauvais état. C'est absolument, horriblement... *parfait* ! Je veux dire, il y a du ménage à faire, mais regarde le potentiel architectural. Ce sera la *MEILLEURE* boutique de chocolats du monde. Nous n'aurons pas besoin de plus d'une semaine, Abacus. Si on se débrouille bien, on vendra tellement de chocolats qu'on sera libres d'ici vendredi !

À cette pensée, les yeux de Noodle se remplirent de larmes. Elle jeta ses bras autour du cou de Willy et le serra très fort contre elle.

– Parfait, dit Abacus. Mais nous ne sommes pas encore tirés d'affaire. Mieux vaut rentrer à la blanchisserie avant l'appel.

14

CETTE FILLE-LÀ

Les ouvriers émergèrent de la bouche d'égout la plus proche de la blanchisserie. Mais cette fois, ils ne passèrent pas inaperçus. Trois silhouettes sinistres se tenaient derrière une fenêtre voisine, en compagnie du chef de la police occupé à se goinfrer de pralines.

– Ils sont six en tout, dit-il, les joues **DISTENDUES** par le chocolat. Dont la jeune fille, qui semble être le cerveau de l'opération. Les autres font tout ce qu'elle dit – regardez.

En silence, ils regardèrent Noodle ordonner

aux ouvriers d'entrer dans des sacs à linge, puis traîner le chariot à l'intérieur.

– Et ça, c'est la blanchisserie Scrubitt et Bleacher, ajouta le chef de la police en fourrant une autre poignée de pralines dans sa bouche.

À ce nom, Slugworth leva vivement la tête.

– Scrubitt ?

– Mi, Mubitt, répondit le chef de la police, la bouche pleine, avant d'**AVALER** d'un coup. Pourquoi ? Vous connaissez ?

Slugworth fixa un point droit devant lui.

– Oui. Il se trouve que oui.

Le chef de la police secoua sa boîte de pralines vide, et une légère panique se fit jour dans ses yeux.

– Oh, non. Elle est déjà finie. (Il se trémoussa, tentant de réprimer son envie de chocolat, mais en vain.) Vous savez, je serai heureux de faire tout ce que vous voudrez pour vous débarrasser d'eux. Je suis sérieux. Ils viennent juste de louer une boutique, donc, légalement, je ne peux pas les toucher, mais *illégalement* je suis prêt à faire n'importe quoi. Vous voulez qu'ils aient tous un petit accident ?

– Qui entraînera leur décès, précisa Prodnose.

– Pas de problème, acquiesça le chef de la police. Mais ça va vous coûter beaucoup plus de **CHOCOLAT**.

– D'accord, dit Slugworth avec un geste désinvolte. On vous en donnera.

– Et ce serait bien si vous pouviez me faire une avance, parce que les boîtes de la dernière fois… je les ai terminées. Il ne m'en reste plus une seule.

– Quoi ! s'exclama Fickelgruber. Vous avez tout mangé ?

– Oui. Je n'ai plus rien. Ça fait trois jours que je mâche les caissettes en papier, avoua le chef de la police en saisissant quelques emballages qu'il fourra dans sa bouche. Vous devez m'aider, Mr Slugworth, je vous en supplie. Je suis devenu accro à vos sucreries. Ce n'est pas beau à voir.

Slugworth GRIMAÇA en s'efforçant de dissimuler son dégoût. Il tendit une boîte de pralines au chef de la police.

– Tenez. Et il en reste plein d'autres en réserve. Mais pour l'instant, ne faites rien. Je vous appellerai le moment venu.

– Merci, Mr Slugworth. Merci, merci !

Slugworth leva ses jumelles et regarda la jeune fille hisser cinq sacs de forme étonnamment humaine dans la chute à linge.

– Qu'y a-t-il, Arthur ? demanda Fickelgruber.

– La fille, répondit Slugworth à voix basse.

– Quelle fille ? demanda Prodnose en s'emparant des jumelles. Oh. Cette fille-là.

– Tu ne penses quand même pas que ça pourrait être… *elle*, si ? interrogea Fickelgruber.

– Si, confirma Slugworth.

Fickelgruber **S'AGITA**.

– Tu nous avais promis qu'elle ne nous causerait pas de problème.

Prodnose opina.

– Il a raison, tu nous avais promis.

– Elle ne nous en causera pas, répondit froidement Slugworth. Et Wonka non plus. J'y veillerai personnellement.

15

UN CHIEN

Mrs Scrubitt n'avait pas l'habitude de recevoir des visites nocturnes. Pourtant, il était presque minuit quand une silhouette noire FRAPPA à sa porte.

Elle ouvrit le judas et, furieuse, scruta l'obscurité pour savoir qui osait la déranger à une heure pareille.

– Qui est là ? gronda-t-elle. Que voulez-vous ?

Slugworth s'avança dans la lumière qui filtrait par la fente, les ombres qui sculptaient son visage lui donnant l'air menaçant.

– Mrs Scrubitt ? lança-t-il.

Silence de mort. Soudain, la porte s'ouvrit à la volée.

– Mr Slugworth ! rugit la logeuse en se dépêchant de s'effacer pour le laisser entrer.

Bleacher apparut derrière elle, silhouette massive émergeant de la pénombre. Mais comme il s'approchait du visiteur, celui-ci put voir que les deux commerçants portaient de **RÉPUGNANTS** pyjamas « elle et lui », couverts d'effigies tricotées de Tiddles.

– Qui est-ce, mon chou ? OUAH ! s'écria Bleacher. Le chocolatier en personne !

– Qu'est-ce qui nous vaut cet honneur, monsieur ? s'enquit Mrs Scrubitt avec une politesse obséquieuse.

– Je me demandais, commença Slugworth, un sourire mauvais relevant le coin de ses lèvres, si je pourrais jeter un œil à votre blanchisserie ?

– Vous voulez regarder comment on fait la

lessive ? Drôle de requête, surtout à cette heure de la nuit, mais suivez-moi, grogna Bleacher en se dirigeant vers l'escalier.

Mrs Scrubitt leur emboîta le pas.

– Nous sommes ensemble, annonça-t-elle fièrement à Slugworth. Un couple de nobles bavarois.

Mais ce fut à peine si le chocolatier l'écouta. Les poings serrés, il marchait *VITE*, de toute évidence pas d'humeur à bavarder.

– Je ne sais pas ce que vous vous attendez à trouver en bas, poursuivit nerveusement Mrs Scrubitt. C'est juste une blanchisserie ordinaire, qui fonctionne grâce à...

Elle s'arrêta net, bouche bée.

– Un chien, acheva-t-elle.

Dans un silence de stupeur, Bleacher et elle observèrent le mécanisme complexe qui sifflait et claquait devant eux, alimenté en énergie par le seul Tiddles.

– Tiddles, lâcha Bleacher, consterné, en secouant la tête. Comment as-tu pu ?

Mais ce n'était pas tout. Il y avait là une montagne de bocaux étranges, remplis d'ingrédients qui *SCINTILLAIENT* et **PÉTILLAIENT** et bourdonnaient. Gros tas de pâte collante, liquides translucides... Certains crépitaient follement, tandis que d'autres s'écoulaient dans des casseroles une goutte à la fois.

Pas un seul d'entre eux n'était identifiable.

– Par mon jus de ver, C'EST QUOI, ÇA ? s'écria Mrs Scrubitt.

– Vous avez un locataire, un certain Mr Wonka, répondit Slugworth. Il sort en douce pour vendre du chocolat avec l'aide de votre servante.

– Cette petite morveuse ! cracha Mrs Scrubitt, furieuse.

Slugworth se tourna vers elle, un **ÉCLAT** cruel dans l'œil.

– Ça vous dirait de m'aider à les couler ? demanda-t-il.

Mrs Scrubitt lorgna les potions et s'humecta avidement les lèvres.

16
LE GRAND JOUR

Réparations, peinture et fabrication de chocolat en secret… Les ouvriers de la blanchisserie n'avaient pas chômé. Et jamais ils n'avaient été aussi *HEUREUX*. Le meilleur, c'était que Slugworth, Fickelgruber et Prodnose ne se doutaient absolument pas de ce qui se passait aux Galeries Gourmet juste sous leur nez.

Malgré tous les bruits étranges qui filtraient à travers le papier peint jauni de la boutique vide, aucun d'eux ne vint jamais poser la moindre question.

Bientôt, le magasin fut prêt à rouvrir ses portes, et le jour de l'inauguration arriva. Willy était une praline de nervosité, un chou à la crème d'inquiétude, une cuillère de **GELÉE** d'excitation tremblotante. Pour l'occasion, il avait brossé sa redingote violette, qui brillait comme si elle était neuve.

Quand les portes des Galeries Gourmet s'ouvrirent, il était prêt.

– Mesdames et messieurs ! cria-t-il en frappant le sol avec sa canne. Salutations à tous, et bienvenue chez Wonka ! Nous vous réservons des surprises incroyables !

Un vieil homme qui passait devant lui s'arrêta et leva les yeux.

– Hein ? Là-dedans ?

Willy se retourna et détailla du regard sa boutique, un large sourire aux lèvres. Wonka était peint au-dessus de la porte en lettres dorées scintillantes, dans la même écriture que sa mère avait utilisée autrefois sur sa tablette de chocolat d'anniversaire durant toutes ces années. Une obscurité MYSTÉRIEUSE régnait à l'intérieur, où le vieux lustre gisait toujours par terre.

– Faites-moi plaisir, dit Willy en tendant une main au vieil homme. Fermez les yeux et comptez jusqu'à dix.

Le passant obtempéra à contrecœur.

– UN…, entonna-t-il.

Tandis qu'il comptait, le jeune chocolatier l'entraîna à l'intérieur de la boutique plongée dans le noir.

– NEUF…

Très prudemment, Willy craqua une allumette et l'approcha du lustre.

– Faites un vœu, lança-t-il. Et maintenant, rouvrez les yeux !

Au moment où le vieil homme obéit, Larry tira sur une corde, et le lustre jaillit vers le plafond sous lequel il se balança, illuminant l'intérieur de la boutique.

Le vieil homme, sous le choc, faillit partir à la renverse en découvrant ce qui l'entourait. Il agrippa le bras de son guide pour se retenir.

– Et voici une boutique à nulle autre pareille ! clama Willy. S'il en existait de semblable, je ne me serais pas donné la peine de l'ouvrir !

Tout autour d'eux s'étendait un paysage entièrement constitué de chocolat et autres sucreries : une **PRAIRIE** d'herbe en chocolat piquetée de fleurs en chocolat et de champignons en glaçage. En son centre se dressait un appétissant saule pleureur au tronc sculpté dans du chocolat noir, dont les branches tombantes plongeaient dans la rivière de chocolat fondu qui coulait à travers la boutique.

– Des arbres en chocolat, des fleurs en chocolat, dit Willy tout bas, pour lui-même plus que pour le vieil homme. Des souvenirs que je ne laisserai plus jamais fondre.

Soudain, le vieil homme poussa un petit cri, car une barge en chocolat, garnie de bonbons à la menthe et remplie de dragées grosses comme la tête d'un adulte, venait d'apparaître sur la rivière.

Willy se tourna vers la porte de la boutique et vit entrer une silhouette. La lumière aveuglante ne lui permettait pas de distinguer son visage, mais on aurait dit sa mère. L'espoir **BOUILLONNA** dans son ventre. Elle avait tenu sa promesse ! Elle était là ! Mais quand elle s'approcha de lui, il vit que ce n'était qu'une inconnue, suivie par un enfant qui gambadait.

– Bienvenue, lança-t-il avec un sourire triste en revenant à la réalité.

Il cueillit une fleur en chocolat et la tendit à l'enfant.

– Tout est comestible.

Bientôt, d'autres clients affluèrent, et la nouvelle se répandit que Willy était de retour. En un rien de temps, la boutique se retrouva pleine à craquer de gens qui poussaient des hoquets de stupeur et des cris de joie à la vue de ce monde gourmand.

Willy papillonnait d'un client à l'autre, leur prenant la main et la leur serrant vigoureusement.

– Bienvenue, bienvenue ! criait-il, tout excité.

Il leur cueillait des fleurs, leur présentait des tasses de chocolat fondu puisé à la rivière.

– Tenez, goûtez la rivière, elle est *DÉLICIEUSE !*

À un moment, il plongea dans le trou du tronc de l'arbre et ressortit tout en haut de celui-ci avant de se mettre à escalader les branches supérieures. La foule applaudit comme il atteignait le plafond où flottaient des nuages de barbe à papa. Puis il leva sa canne, appuya sur un bouton, et elle se déploya tel un parapluie.

Juste à temps pour le protéger des bonbons qui tombèrent en pluie du plafond sous les yeux de la foule en délire.

Vinrent ensuite les feux d'artifice. Pas des fusées ordinaires, mais les pétards de Willy Wonka qui explosèrent en laissant derrière eux des filaments comestibles. Les clients s'en saisirent, les léchèrent et les mâchèrent – la bouche pleine et les joues gonflées par le sucre.

Willy observait la scène, en proie à un agréable picotement de fierté.

Un ballon en chewing-gum vint flotter près de lui. Il s'y accrocha et fila en l'air tandis que les clients épatés levaient le nez vers lui.

À la caisse, Noodle emballait de grandes **BRASSÉES** de chocolat. Le vieil homme était le premier dans la file.

– Plus quatre douzaines de roses, un sac de poires et... Oh, et un de ces nuages, s'il vous plaît ! réclama-t-il.

Abacus fit le total de ses achats pendant que Lottie lui tendait un nuage de barbe à papa qui **FLOTTAIT** au bout de sa ficelle.

– Monsieur, ça vous fera, euh, neuf cent quatre-vingts souverains, annonça Abacus en levant les yeux de la caisse.

– Et à ce prix, c'est presque donné ! s'écria le vieil homme.

Noodle en resta **BOUCHE BÉE** tandis qu'il lui fourrait dix billets dans la main.

– Ouah, merci, monsieur, dit-elle. Vous voulez de la monnaie dépensable ou comestible ?

– Oooh, comestible, s'il vous plaît, répondit le vieil homme.

Immédiatement, la caisse lui rendit des pièces en chocolat, et il s'éloigna d'un pas sautillant.

Noodle se tourna vers Abacus, un immense sourire aux lèvres.

– Ce client vient de nous donner *un millier* de souverains, s'extasia-t-elle.

– Je sais, Noodle ! Fantastique, n'est-ce pas ? répondit Abacus. Maintenant, à qui le tour ?

Mais le vieil homme venait juste d'atteindre la porte quand quelque chose le fit s'arrêter net.

– Euh… Mr Wonka ? appela-t-il.

L'interpellé se tourna vers lui.

– Oui, monsieur ?

Le vieil homme ôta son chapeau, dont s'échappèrent des cheveux d'un violet très vif.

– Je me sens tout **BIZARRE**, dit-il.

Willy fronça les sourcils. Noodle eut un haut-le-corps. Non seulement ses cheveux étaient violets, mais ils se multipliaient à une vitesse alarmante !

– Est-ce que mes cheveux sont en train de pousser ? demanda le vieil homme. C'est l'impression que j'ai.

– Ils ont toujours été violets ? s'enquit Willy.

Le client écarquilla de grands yeux.

– QUOI ?! s'écria-t-il. NON !

Willy se mit à faire les cent pas, une légère panique grésillant dans son estomac.

– Ce n'est pas possible, marmonna-t-il, avant de s'arrêter, les yeux baissés. À moins que…

Il se pencha et cueillit une fleur. Il lui donna un petit coup de langue prudent, et son cœur se serra.

– Oh oh. De la sueur de yéti.

– **DE LA SUEUR DE YÉTI ?!** s'exclama le vieil homme en portant les mains à sa barbe toute neuve, qui poussait si vite qu'elle avait déjà atteint le sol et rampait vers la sortie.

– La potion capillaire la plus puissante du monde, expliqua Willy. Absolument merveilleuse quand elle est bien utilisée, mais je n'en ai pas mis là-dedans… (Il se tourna vers la foule.) Mesdames et messieurs, il semble y avoir une erreur dans la recette. Que personne ne mange les fleurs, s'il vous plaît !

Plusieurs clients levèrent la tête des massifs, le visage barbouillé de chocolat. Aussitôt, des cheveux multicolores jaillirent sur leur crâne.

Un homme à la crinière vert fluo se redressa dans l'herbe haute.

– Mais je suppose que les poires ne posent pas de problème ?

– Les poires aussi ?! s'écria Willy.

– Qu'y a-t-il dans ce réglisse ? rugit une femme. Ma fille n'en a avalé qu'une bouchée, et regardez-la !

Willy vit la lèvre supérieure de l'enfant s'orner d'une moustache qui, très vite, se mit à **BOUCLER** en s'allongeant.

– J'adore ! s'exclama la jeune fille en saisissant les deux extrémités de sa moustache toute neuve comme pour la protéger. ELLE ME VA TROP BIEN !

Willy leva les mains pour calmer la foule.

– Je suis terriblement désolé. J'ignore comment

ça a pu arriver, mais je suis au regret de vous informer que les chocolats ont été... empoisonnés !

– Empoisonnés ? couina une femme aux cheveux roses.

– Il a empoisonné mon enfant !

– Je veux qu'on me rende mon argent !

À contrecœur, Abacus se mit à rembourser les clients.

– Je veux être dédommagé !

– Je me vengerai !

Quelqu'un lança une poire en chocolat vers Willy, le manquant de justesse. Le fruit s'écrasa sur le mur et se brisa en mille morceaux. Willy en contempla tristement les débris.

Cette première agression agit comme un signal. Bientôt, la foule hirsute et **ENRAGÉE** se mit à huer et à tourbillonner dans la pièce en projetant des sucreries dans toutes les directions. La mère de la jeune fille moustachue commença même à sectionner la corde qui retenait le lustre au plafond.

– Aaargh ! cria-t-elle, furieuse.

Les derniers filaments de chanvre cédèrent. Le luminaire s'écrasa sur le sol, et s'enflamma immédiatement sous les yeux horrifiés de Willy.

– AU FEU ! IL Y A LE FEU DANS LES GALERIES GOURMET ! s'époumona un client.

Willy et ses amis se mirent à tousser à cause de la fumée tandis que la foule se ruait vers la sortie.

À l'étage supérieur, Slugworth, Fickelgruber et Prodnose se tenaient derrière les fenêtres de leurs bureaux respectifs. Un sourire **RAVI** aux lèvres, ils regardaient brûler les rêves de Willy Wonka.

17
POISON

Quand le feu eut enfin été éteint et que les pompiers furent partis avec leur matériel, Willy contempla les vestiges fumants de la boutique en agrippant la tablette de chocolat de sa mère.

Le saule pleureur si impressionnant s'était changé en une masse informe, son brillant APPÉTISSANT remplacé par de grosses cloques noires. L'herbe et les fleurs avaient été calcinées, les nuages piétinés à terre. Les morceaux de la barge brisée s'enfonçaient lentement dans les profondeurs de la rivière.

– Je ne comprends pas, chuchota Lottie. Que… ? Que… ?

– Que s'est-il passé ? acheva Abacus à sa place.

– C'est évident, non ? lança Piper, les yeux **ÉTINCELANTS** de fureur. Le cartel du chocolat.

– C'est horrible, se lamenta Larry. Je n'ai pas été aussi triste depuis… C'est vrai : je suis un clown, je suis triste tout le temps. Oubliez.

Noodle posa une main sur l'épaule de Willy.

– Ce n'est pas grave, Willy. On va rebâtir et recommencer à zéro…

– Ça ne servira à rien, coupa-t-il. Ça n'a pas marché.

– Mais si ! répliqua Noodle. Si le cartel du chocolat ne s'en était pas mêlé…

– Ce n'est pas de ça que je parle, la détrompa Willy, les yeux remplis de larmes.

Les paroles de sa mère **RÉSON-NAIENT** dans sa tête. « Et le jour où tu partageras ton chocolat avec le monde entier, je serai à tes côtés. »

– Elle m'avait promis qu'elle serait là. Et elle n'y est pas.

– Ta mère, chuchota tristement Noodle. Tu ne pensais quand même pas… ?

– Si, je pensais qu'elle serait là, soupira Willy. Je le pensais vraiment. Mais ce n'était qu'un rêve idiot.

– Ne dis pas ça, rétorqua sévèrement la jeune fille. Tu m'as dit de ne pas renoncer à mes rêves, alors tu ne peux pas renoncer aux tiens. Tu es Willy Wonka. Tu réalises des choses impossibles. Tu ne peux pas… Jamais…

– Venez tous, dit Abacus en entraînant gentiment Noodle. Je crois que Willy a besoin d'être seul un petit moment.

Ainsi Willy resta-t-il planté là, enfoncé jusqu'aux genoux dans les débris de son rêve, regardant les derniers morceaux de la barge disparaître dans la rivière. Une larme solitaire roula sur sa joue.

– C’est vraiment dommage, ce qui vient de se passer, lança une voix.

Willy se retourna alors que Slugworth entrait dans la boutique d’un pas TRIOMPHANT, suivi par ses deux collègues.

– J’imagine que c’est vous les responsables, lâcha Willy.

Il lui semblait que Slugworth avait aspiré tout l’espoir qu’il portait en lui, et qu’il venait en sucer les dernières gouttes comme quelqu’un qui savoure la fin d’un milk-shake.

– Nous ? dit Slugworth sur un ton moqueur. Pas du tout ! Enfin, pas personnellement. Il se peut que nous ayons « encouragé » Mrs Scrubitt à « emprunter » certains de vos ingrédients pour « améliorer » vos créations.

– Nous l’avons payée pour les empoisonner avec certaines de vos potions, clarifia Prodnose.

– Alors, pourquoi venir me voir ? demanda Willy. Pour m’humilier ?

Slugworth eut un large **SOURIRE**.

– Oh, non, Mr Wonka. Je ne perds pas mon temps à ce genre de chose. Nous sommes venus vous proposer un marché.

Fickelgruber s’agenouilla pour ouvrir sa mallette. Alors, Willy remarqua trois chiffres écrits au crayon gris sous la semelle d’une de ses chaussures. Le chocolatier lui tendit une liasse de billets.

– Voici le montant exact que vous devez à Mrs Scrubitt, dit-il avant de replonger la main dans sa mallette pour en tirer d’autres liasses. Ça, c’est pour le comptable, la plombière, la muette, le soi-disant clown…

– Ce qui veut dire qu’il ne le trouve pas drôle, précisa Prodnose.

– Et la fille, conclut Fickelgruber en jetant un coup d’œil agacé à son collègue avant de tendre à Willy une liasse plus grosse que toutes les autres ensemble. On a ajouté un petit supplément pour qu'elle puisse se trouver un endroit où vivre. S'acheter des vêtements. Des jouets. Des livres.

Entendant le dernier mot, Willy leva la tête. Il se souvint d'avoir entendu Noodle fermer un livre lors de leur première rencontre. Elle adorait lire.

– Vous pourriez changer sa vie, Mr Wonka, dit Slugworth en se rapprochant. Changer leur vie à tous.

La pensée qu'il pourrait quand même aider ses AMIS suffit à remonter quelque peu le moral de Willy. Il demanda :

– Que faudrait-il que je fasse ?

– Quittez la ville, répondit brutalement Slugworth. Et ne fabriquez plus jamais de chocolat. Il y a un bateau qui lève l'**ANCRE** à minuit. Dans votre intérêt et celui de vos amis, j'espère que vous serez à son bord.

Willy fixa les liasses de billets. Il n'avait pas vraiment le choix. Jamais il ne réaliserait son rêve ni ne reverrait ses amis. Mais ceux-ci seraient libres. Et Noodle, la pauvre Noodle, pourrait enfin être heureuse.

18

UN ALLER SIMPLE

Quand Willy arriva sur le port, le chef de la police et le cartel du chocolat l'attendaient.

– Votre billet, Mr Wonka, dit Slugworth avec une **AMABILITÉ** obséquieuse, en brandissant un rectangle de papier écrit à la main. Un aller simple. Pour le pôle Nord.

– En classe économique premium, ajouta Fickelgruber.

– C'est plus ou moins la même chose qu'en classe économique, précisa Prodnose. Mais vous aurez un peu plus de place pour vos jambes, et un grand paquet de cacahouètes.

La corne de brume du navire mugit et, au loin, sur la grand-place de la ville, l'horloge sonna minuit.

– J'aimerais beaucoup rester pour bavarder, mais... **TIC TAC**, s'impatienta Slugworth en tapotant sa montre.

Willy remarqua qu'une fois de plus, elle s'était arrêtée sur la mauvaise heure.

– Adieu, Mr Wonka, dit Slugworth avant de lui prendre la main pour la lui broyer une dernière fois.

Willy frémit de douleur en sentant sa bague lui mordre les chairs.

– Adieu, Mr Slugworth, parvint-il à articuler.

La tête baissée et l'air vaincu, il gravit la passerelle.

Une fois à bord, il tendit son billet au capitaine qui attendait. Celui-ci adressa un signe de tête discret au chef de la police, mais Willy était trop submergé par la tristesse pour s'en apercevoir.

Quelques secondes plus tard, un rugissement de moteur se fit entendre, et le navire quitta le port pour se diriger vers le large. Willy n'osa pas regarder la ville s'éloigner derrière lui. Il ne pouvait pas.

Au lieu de ça, il gagna la proue, où il trouva un banc en bois avec une pancarte marquée CLASSE ÉCONOMIQUE PREMIUM. Il s'y assit et resserra sa redingote violette autour de lui. Le ciel était d'un gris d'ardoise et la neige tombait dru à présent.

Puis il y eut un son. Un bruit de pas très léger, accompagné par un raclement de roues. Willy se retourna et fut ravi de voir l'Oompa-Loompa traînant une toute petite malle de voyage derrière lui. Il s'arrêta aux pieds de Willy et l'ouvrit, révélant un **MINUSCULE** siège rembourré et un minibar. Il sortit une olive d'un bocal et la leva vers Willy.

– Vous voulez une olive ?

– Je suis si content que tu sois là, dit Willy, la voix éraillée par l'émotion de revoir un visage familier. Sincèrement.

– Oh, je n'ai aucune intention de vous perdre de vue, Willy Wonka, affirma l'Oompa-Loompa. Pas avant que vous ayez remboursé votre dette. Mais j'ai une bonne nouvelle à ce sujet. J'ai fait mes comptes : plus qu'un bocal et nous serons quittes. Ou, si vous préférez, j'accepterai un demi-bocal de ces AMUSANTS Chocovols.

– Vous n'avez pas de chance, soupira Willy en fixant l'océan devant lui. Je ne fabrique plus de chocolat.

– Vous n'avez quand même pas l'intention d'honorer cet accord ridicule ? demanda l'Oompa-Loompa.

– Il le faut. Pour Noodle. Je lui ai promis une vie meilleure. Je lui ai promis juré.

– Vous devriez tenir tête à ces brutes. Leur filer un bon bourre-pif. C'est ce que ferait un Oompa-Loompa. Mais si vous préférez vous lamenter sur votre sort, moi, je vais me coucher. Bonne nuit, monsieur.

Le petit homme appuya sur un bouton. Sa chaise se mit à **BOURDONNER** et à s'incliner. Lorsqu'elle fut à l'horizontale, il mit un masque de sommeil sur ses yeux.

Willy s'agita sur son banc peu confortable. Il avait encore mal à la main que Slugworth avait serrée. Elle palpitait littéralement de douleur. Il la leva pour l'examiner.

– *Ha !* lâcha-t-il.

L'Oompa-Loompa appuya de nouveau sur le bouton de sa chaise, qui se redressa en position assise. Il souleva son masque de sommeil.

– Quoi ?

– Non, ce n'est rien, dit Willy.

– Ce n'est pas rien, contra l'Oompa-Loompa. Vous avez dit *Ha !*.

Willy secoua la tête, les yeux toujours rivés sur sa main.

– Désolé. Oubliez ça.

L'Oompa-Loompa remit son masque en place.

– *Ha !* lâcha de nouveau Willy.

Cette fois, le petit homme arracha son masque.

– Vous avez recommencé. Si vous ne vous expliquez pas, je vous transperce avec un cure-dent.

– Regardez la main que Slugworth m'a serrée, dit Willy en la tendant pour la lui montrer. (Un motif rouge se détachait sur sa peau.) Sa bague m'a laissé une marque. Vous voyez ? Un A entouré d'un S. Très **SOPHISTIQUÉ**.

L'Oompa-Loompa sortit un monocle de sa

poche et le plaça devant son œil pour mieux voir.

– Et alors ? Il s'appelle Arthur Slugworth. C'est sans doute un bijou de famille, avança-t-il.

– Mais Noodle a la même, révéla Willy.

– Noodle ?

Il hocha la tête.

– Pourquoi la petite orpheline aurait-elle une chevalière de la famille Slugworth ? interrogea l'Oompa-Loompa.

– Je ne vois qu'une raison possible, répondit Willy.

– Laquelle ?

– Et si j'ai raison, poursuivit-il en se levant *LENTEMENT*, le regard perdu dans le vague, elle court peut-être un grave danger ! Il faut que je retourne à terre. Capitaine ?!

Il promena un regard paniqué à la ronde, puis s'élança à sa recherche.

– Nous devons faire demi-tour ! cria-t-il.

Capitaine, où êtes-vous ? Le navire ! Il faut faire demi-tour !

– Revenez ici ! protesta l'Oompa-Loompa en lui courant après. J'exige une explication. Quelle est votre hypothèse au sujet de cette bague ?

Mais Willy ne l'écoutait pas. Il fonça à travers le pont et pila net devant le poste de pilotage. Lorsqu'il vit ce que celui-ci abritait, un frisson d'horreur lui parcourut l'échine. Non seulement le capitaine n'était pas là, mais à sa place se trouvait une BOMBE à la mèche **GRÉSILLANTE !**

– Tout bien réfléchi, les explications peuvent attendre, déclara l'Oompa-Loompa en gonflant un minuscule gilet de sauvetage. J'espère que vous savez nager, Willy Wonka.

En compagnie des trois chocolatiers, le chef de la police regardait le navire s'éloigner vers l'horizon.

Les lèvres de Slugworth remuèrent, égrenant un compte à rebours.

– Cinq, quatre, trois, deux…

BOUM !

Sur ce, des débris volèrent dans toutes les directions jusqu'à ce qu'il ne reste plus du bateau qu'une colonne de fumée montant vers le ciel.

– Voilà, messieurs, conclut le chef de la police. Un chocolatier mort, comme convenu.

Slugworth leva son talkie-walkie.

– Miss Bonbon ? Remettez son chocolat au chef.

La secrétaire était aux commandes d'une grue, non loin derrière eux. Elle empoigna les commandes, et une **ÉNORME** caisse commença à descendre devant le chef de la police.

Des chaînes tintèrent, et l'appareil grinça en se balançant dans le vent au-dessus d'eux. Miss Bonbon appuyait sur des boutons, la langue à demi tirée pour mieux se concentrer. Soudain, elle balança la caisse trop loin vers la gauche. Avec un *clink* affolé, les chaînes **CÉDÈRENT**, et la caisse atterrit sur la voiture du chef de la police dans un monstrueux *crac*.

Le métal du toit grogna en s'affaissant. Puis les quatre roues s'éjectèrent des essieux.

– En plus, elle l'a chargé directement dans votre voiture, commenta Slugworth comme ils regardaient les roues s'éloigner.

Le chef de la police s'en fichait. Il n'avait d'yeux que pour son chocolat.

19

RÉGLER SA NOTE

– Eh bien, eh bien. Quelles tristes mines vous faites ce matin, lança joyeusement Mrs Scrubitt pour **SALUER** ses ouvriers.

Ceux-ci voulurent passer devant elle pour se diriger vers la blanchisserie, mais elle leur barra le passage en tendant une jambe.

– J'ai une bonne nouvelle pour vous, ajouta-t-elle sur un ton taquin. Même si vous ne la méritez pas.

Elle déposa un tas de billets sur le comptoir et tamponna la note d'Abacus.

– Votre ami Mr Wonka a conclu un accord avec Mr Slugworth. Il a renoncé à son précieux petit rêve pour régler votre note. Donc, Mr Crunch, vous êtes libre de vous en aller.

Bouche bée et figé de stupeur, Abacus fixa le mot « PAYÉ » sur le papier.

– Mr Crunch ? Vous êtes libre de vous en aller, répéta Mrs Scrubitt.

– Allez, ouste ! rugit Bleacher.

– Avant que je vous facture un supplément oisiveté, ajouta Mrs Scrubitt en **AGITANT** un index.

Abacus prit son reçu, adressa un sourire ravi aux autres ouvriers et détala.

Un murmure excité parcourut le reste du groupe. Seule Noodle fixa l'horrible bonne femme d'un regard dur. Après avoir été enfermée au pigeonnier toute sa vie à la moindre incartade, elle trouvait cette générosité… suspecte.

– Bell ? Benz ? Chucklesworth ? récita Mrs Scrubitt en les congédiant un par un.

À la fin, il ne resta plus que Noodle, toute seule et toute petite, peinant à s'ajuster à sa nouvelle réalité.

– Ah, Noodle, lâcha Mrs Scrubitt. Le plus gros tas du lot !

Et, à la grande surprise de la jeune fille, elle déposa une énorme liasse de billets sur le comptoir avec un *BANG*.

Noodle **É C A R Q U I L L A** les yeux plus grands que jamais. Jusqu'à cet instant, elle aurait parié que ça n'était pas possible. Pourtant, sa dette était réglée. L'argent se trouvait juste sous son nez. Enfin, elle allait échapper au pigeonnier ! Connaître la liberté et le bonheur ! Il ne lui restait plus qu'à retrouver Willy et les autres.

Elle tendit la main vers le comptoir.

– Sauf que ce n'est pas pour payer ta note,

ma petite, l'informa Mrs Scrubitt en saisissant la liasse pour la mettre hors de sa portée.

– M-mais, bredouilla Noodle. Alors, pourquoi…

– C'est pour TE GARDER ICI, **JUBILA** la logeuse avant de partir d'un rire hystérique.

Incapable de s'arrêter, elle tapa du poing sur le comptoir. Puis elle se mit à danser en sautant d'un pied sur l'autre.

– Tu as cru que tu partais, ha ha ha !

Noodle resta paralysée par le choc tandis que Bleacher tirait le verrou.

– Mon ami Mr Slugworth pense que les petites vauriennes dans ton genre n'ont rien à faire dans les rues d'une belle ville comme la nôtre, s'esclaffa Mrs Scrubitt. Il m'a donné cet argent pour que je te garde à la blanchisserie – pour toujours ! (Elle cessa de rire et redevint sérieuse.) Je serai très heureuse de lui donner satisfaction.

– Je vous déteste ! hurla Noodle en fonçant vers la fenêtre.

Mais Bleacher l'attrapa par la peau du cou et la souleva de terre.

– Regardez-moi ça, mon seigneur, dit Mrs Scrubitt avec un sourire cruel.

– Mon seigneur ? répéta Noodle avant de se mettre à **RIRE**. Vous croyez encore qu'il a du sang *noble* ?

Mrs Scrubitt parut perplexe.

– On a tout inventé ! s'époumona Noodle. Espèce de folle accro au jus de ver ! Il ne descend pas des rois de Bavière ! Il n'est pas noble du tout !

L'horreur tordit le visage de Mrs Scrubitt. D'abord, son teint vira au même gris que son jus de ver adoré, puis elle parut sur le point de s'évanouir et, enfin, elle devint violette de rage. Ses veines saillirent sur son front et ses narines frémirent.

– TRÈS BIEN, TU L'AURAS VOULU ! cracha-t-elle, plus furieuse que Noodle ne l'avait jamais vue. AU PIGEONNIER !

Elle saisit la jeune fille par l'oreille et la traîna vers l'escalier sous les yeux de Bleacher qui, ayant oublié qu'il n'était pas réellement un aristocrate bavarois, semblait effondré par cette révélation.

– Et toi, va retirer cette culotte courte ! aboya Mrs Scrubitt en passant devant lui, les yeux pleins de larmes. Espèce de… paysan !

– **MON ASTICOT !** geignit Bleacher, mais en vain.

Mrs Scrubitt força Noodle à monter jusqu'au pigeonnier, la jeta à l'intérieur et claqua la porte si fort que ses occupants paniquèrent. Des plumes volèrent ; des griffes se prirent dans les cheveux de la jeune fille, qui se mit à hurler tandis que d'autres oiseaux émergeaient de leur trou. Une fois de plus, elle était seule.

Une unique larme coula le long de sa joue et elle regarda fixement devant elle, regrettant d'avoir osé croire que les choses s'arrangeraient pour elle.

– Ah, la voilà ! s'écria gaiement une voix qui la fit sursauter. Coucou, Noodle !

Elle se retourna. Willy était là, la tête coincée dans un des trous de pigeon. En regardant dehors, la jeune fille vit qu'il se tenait au sommet d'une échelle branlante.

Convaincue qu'elle **RÊVAIT**, elle cligna des yeux.

– Je... je croyais que tu étais parti, dit-elle tout bas. Que vous m'aviez tous abandonnée.

– Je suis bien parti, expliqua Willy. J'avais conclu un accord avec le cartel. Slugworth avait promis que tu aurais une vie meilleure si je m'en allais, mais on ne peut pas dire qu'il ait tenu sa part du marché.

– Non, en effet, acquiesça Noodle, les genoux

dans la fiente. C'est même tout le contraire : il veut que je reste enfermée ici pour toujours, apparemment.

– Bien entendu, marmonna Willy en sortant une lime métallique et en s'attaquant au cadenas.

– Pourquoi ? s'étonna la jeune fille. Qu'est-ce qu'il a contre moi ? Je ne le connais même pas !

– Je n'en suis pas certain, mais je pense que ça a un rapport avec tes parents, répondit Willy.

– Mes parents ? CHUCHOTA Noodle.

– Ce n'est qu'une supposition pour l'instant. Ce dont je suis certain, c'est que tu ne seras pas en sécurité avant qu'il soit derrière les barreaux.

Le visage d'Abacus apparut dans un autre trou de pigeon, faisant sursauter Noodle.

– Et comment comptez-vous vous y prendre pour l'y envoyer, Mr Wonka ? demanda-t-il.

– Vous avez bien dit que le cartel conservait

une trace écrite de ses agissements illégaux ? lança Willy en continuant à limer le cadenas.

Abacus opina.

– Dans le registre vert, oui.

– Donc, si on se le procurait, on pourrait prouver que mes chocolats ont été empoisonnés. Scrubitt et Bleacher iraient en prison eux aussi, et nous serions tous libres, conclut le jeune chocolatier.

– Ça m'a l'air d'un bon plan, commenta Piper, son visage apparaissant dans le trou de pigeon voisin de celui de Willy.

Un immense **SOURIRE** illumina le visage de Noodle.

– Vous êtes tous là ?

– Évidemment. Nous n'allions pas t'abandonner, déclara Abacus. Cela dit, Mr Wonka, puis-je vous rappeler qu'ils gardent le registre dans une crypte ?

Le visage de Lottie surgit dans le trou de pigeon juste à côté de celui d'Abacus.

– Gardée par un prêtre corrompu, précisa-t-elle en adressant un sourire à Noodle.

– Et cinq cents moines drogués au chocolat, ajouta Larry en apparaissant près d'elle.

– Tout cela est très vrai, concéda Willy. Mais je viens juste de prendre un long bain glacé. L'eau froide est excellente pour le cerveau ; elle stimule les connexions neuronales. Après seulement six kilomètres, j'ai trouvé comment une orpheline ingénieuse, une plombière, une standardiste, un comptable et un homme capable de parler sous l'eau pourraient combiner leurs talents pour accomplir un **MIRACLE**.

– Mr Wonka, ce serait excessivement compliqué, souligna Abacus. Avez-vous oublié qu'il faut un code pour accéder à la crypte ?

– Oui, un code à neuf chiffres qui change chaque jour, marmonna Willy en s'acharnant sur le cadenas, qu'il commença à frapper. Je crois que je sais comment me le procurer.

– Vraiment ? s'écria Piper. Explique-nous !

– Eh bien, dit Willy avant de s'interrompre.

Il jeta un **COUP D'ŒIL** à la ronde pour vérifier que personne ne les espionnait, puis reprit d'une voix plus basse :

– Quand le postiche de Prodnose est tombé aux Galeries Gourmet, j'ai remarqué qu'il y avait trois chiffres écrits à l'intérieur. Sur le coup, je n'ai pas réagi. Puis hier soir, quand Fickelgruber a tenté de me soudoyer, j'ai vu qu'il y avait trois chiffres écrits sur la semelle de sa chaussure. Je vous parie tout ce que vous voulez que ce sont leurs parties du code !

– Tu as peut-être raison, acquiesça Piper.

– Ça nous laisse encore Slugworth, fit remarquer Noodle.

– Ne me dites pas qu'il est assez bête pour écrire une information aussi importante, ajouta Abacus.

– Il ne l'est pas, confirma Willy. Mais le jour

de notre première rencontre, j'ai remarqué que sa montre était arrêtée. J'ai trouvé ça bizarre qu'un homme aussi riche porte une montre cassée. Et ce soir, elle était encore arrêtée. Mais *à une heure différente.*

– Pourquoi se donner la peine de changer l'heure sur une montre qui ne fonctionne pas ? demanda lentement Lottie.

Noodle **ÉCARQUILLA** les yeux.

– Parce que c'est comme ça qu'il note sa partie du code !

– Exactement, Noodle ! dit Willy au moment où le cadenas cédait enfin, et où la porte du pigeonnier s'ouvrait.

– Il n'y a qu'un petit problème, lança Abacus. Même si vous arrivez à mettre la main sur ce registre, le cartel s'en tirera grâce à son argent.

– Ainsi va le monde, soupira Noodle.

– Tu as raison, Noodle, acquiesça Willy. Je

déteste ça, mais tu as raison. Voilà pourquoi il n'y a qu'une seule chose à faire.

– Laquelle ? demanda la jeune fille.

Les yeux de Willy **ÉTINCELÈRENT** de malice.

– Changer le monde.

20
TROIS LETTRES

Un livreur pédalait dans les rues de la ville, portant un gros sac plein de courrier. Sur le dessus de la pile se trouvaient trois lettres très SPÉCIALES.

La première était adressée à Arthur Slugworth. Après s'être arrêté devant les Galeries Gourmet dans un crissement de pneus, le jeune garçon fonça aussitôt au bureau de Slugworth et tendit l'enveloppe à Miss Bonbon. À la vue du timbre, les yeux de la secrétaire faillirent jaillir de leurs orbites. Elle s'élança et fit irruption dans le bureau de son patron.

– Miss Bonbon ! s'écria celui-ci. On ne vous a pas appris à frapper avant d'entrer ?

Il était allongé à plat ventre sur une table, tandis qu'une masseuse lui martelait le dos de ses poings.

Miss Bonbon tendit la lettre devant son visage. Elle était estampillée d'un W doré, orné d'une **CHARMANTE** arabesque.

Slugworth se leva d'un bond et déchira l'enveloppe. Son regard furieux faisait de rapides allers-retours tandis qu'il dévorait le message.

Cher Mr Slugworth,

Hier soir, vous m'avez proposé un marché que j'ai décidé de refuser.

Toutefois, je suis prêt à vous faire une autre offre. Je travaillerai pour vous, et vous seul. Avec votre instinct pour les affaires et mon talent de chocolatier, nous pourrions ruiner les deux autres membres de votre soi-disant « cartel » et nous partager les bénéfices à deux plutôt qu'à trois.

Plus loin dans la rue, le livreur s'arrêta ensuite chez le tailleur. Il prit une autre lettre sur la pile et replia les bords pour confectionner un avion en papier. Puis, avec une précision impressionnante, il la lança par une fenêtre ouverte. Elle atterrit droit sur le nez de Fickelgruber.

– On prend mes mesures pour me fabriquer un costume, espèce de paysan ! s'écria le chocolatier, outré.

Il voulut jeter la lettre, mais quelque chose attira son attention : un W doré et *SCINTILLANT.*

Même s'il l'ignorait, l'enveloppe contenait un message identique à celui que Slugworth avait reçu.

Je travaillerai pour vous, et vous seul...

La dernière lettre était destinée à Prodnose, mais quand le livreur arriva chez lui, personne ne vint ouvrir la porte. Il hésita, cherchant une fenêtre ouverte par laquelle jeter la missive. Voyant qu'il n'y en avait pas, il froissa l'enveloppe pour en faire une boule. Puis, d'un coup de pied, il l'expédia jusqu'au toit, droit dans le conduit de la cheminée. La lettre retomba et atterrit dans l'âtre de la salle de bains du dernier étage, où Prodnose était justement en train de se **PRÉLASSER** dans une baignoire remplie de bain moussant.

Il tendit une main savonneuse et saisit l'enveloppe.

Je travaillerai pour vous, et vous seul...

– J'aime beaucoup cette idée ! s'écria-t-il.

Si vous souhaitez discuter de mes conditions, venez au kiosque à journaux de Heimlich à 8h15.

Et c'était là que les lettres différaient. Alors que celle de Prodnose lui indiquait de se rendre au kiosque à journaux, celle de Fickelgruber l'envoyait au stand du cireur de chaussures, et celle de Slugworth à l'ancienne école.

Immédiatement, Prodnose jaillit de sa baignoire ; Fickelgruber repoussa son tailleur et Slugworth cria :

– Miss Bonbon, allez me chercher mon pistolet !

Dans la guérite à l'entrée du zoo, le vigile dormait après avoir mangé un autre Festichoc.

– **INCROYABLE**, commenta Abacus en regardant l'homme inconscient.

– N'est-ce pas ? murmura Willy.

Il saisit un trousseau de clés et, flanqué de son compagnon, se dirigea rapidement vers l'enclos d'Abigail.

– C'est une girafe, Mr Wonka ! s'écria Abacus. Nous sommes venus chercher UNE GIRAFE ?

– Bonjour, Abigail, lança Willy. Ça te dirait de gagner encore quelques bonbons acacia menthe ? (Il désigna la camionnette bringuebalante garée près de l'entrée du zoo.) Bien sûr, ça t'obligera à t'aventurer hors de ton enclos, mais je te promets que tu ne risqueras rien. Ce sera juste une petite aventure.

À l'autre bout de la ville, Lottie se faufila en douce au standard téléphonique et attendit. Pendant ce temps, Noodle, qui s'était enveloppée d'un châle, courait après le prêtre. Elle le rattrapa et tira sur son manteau.

– Vous n'auriez pas une petite pièce en chocolat pour une pauvre orpheline, s'il vous plaît ?

geignit-elle en glissant **SUBREPTICEMENT** quelque chose dans sa poche.

– Désolé, mon enfant, je n'ai pas de bonbons sur moi, répondit le prêtre.

– TANT PIS !

Et, au grand étonnement du prêtre, l'étrange jeune fille s'éloigna en gambadant comme s'il venait de lui arriver quelque chose de **MERVEILLEUX**. Il ne comprit pas sa réaction – mais c'est parce qu'il n'avait pas encore regardé dans sa poche…

21
DÉCOUVRIR LE CODE

Prodnose atteignit très vite le kiosque à journaux. Ses yeux balayèrent avidement la foule en quête de Willy. Absorbé par ses recherches, il ne remarqua pas le clown qui s'**APPROCHAIT** derrière lui avec un énorme cor.

– C'est parti, chuchota nerveusement Larry.

Il souffla dans l'instrument de toutes ses forces, mais son anxiété le submergea, et au lieu de pousser un seul *pouet* ou deux, il continua sans pouvoir s'arrêter. *POUET POUET POUET POUET POUET POUET!*

Prodnose fit volte-face. Au même moment, Larry poussa un long *POUEEEET*, et la bouffée d'air fut assez forte pour faire tomber le postiche du grand chocolatier.

– Hé ! protesta ce dernier. Qu'est-ce que vous faites ?

Il se pencha pour ramasser son postiche, mais Larry le prit de vitesse et s'enfuit avec.

– Ramenez-moi immédiatement mon chat... Je veux dire mes cheveux ! hurla Prodnose en s'élançant à sa poursuite.

Larry s'arrêta après le coin de la rue la plus proche et palpa la perruque de ses mains tremblantes. Comme Willy l'avait prédit, il y trouva trois chiffres : 642. Il les **MÉMORISA**, puis se tourna vers Prodnose qui le rejoignait.

– Tenez, l'ami. Vous devriez lui mettre une laisse !

Prodnose voulut lui arracher le postiche des mains, mais Larry s'y accrocha et chuchota :

– Willy Wonka vous donne rendez-vous à la vieille mine de cuivre.

Puis il se fondit dans la foule.

Non loin de là, Fickelgruber arriva au stand du cireur de chaussures et jeta un coup d'œil interrogateur à la ronde. Il fronça le nez de dégoût à la vue des individus crasseux qui, à genoux par terre, faisaient **BRILLER** des chaussures.

Piper leva les yeux et lui décocha un sourire.

– Un petit coup de cirage, monsieur ?

Fickelgruber acquiesça et s'assit sur les marches, en continuant à chercher Willy du regard.

– Vous n'auriez pas vu un homme en redingote violette, par hasard ? demanda-t-il.

– Non, monsieur, répondit Piper en levant le pied de son client et en mémorisant les chiffres crayonnés sous sa semelle : 273.

Puis elle laissa tomber son attirail, se leva et chuchota :

– Willy Wonka vous donne rendez-vous à la vieille mine de cuivre.

Et avant que Fickelgruber puisse réagir, elle s'enfuit.

Enfin, Slugworth se rendit à l'école conformément aux instructions reçues. Alors qu'il était planté à l'intérieur, immobile et minéral, telle la statue d'un dieu puissant, Larry s'approcha de lui.

Mis en **CONFIANCE** par sa précédente rencontre avec un des chocolatiers, il lui prit la main.

– Serait-ce… le très célèbre Mr Slugworth ?! Je rêve d'une de ces poignées de main qui vous broient les os et dont tout le monde parle !

Larry gloussa, cherchant du regard la montre que Slugworth devait porter au poignet.

– Lâchez-moi ! rugit son interlocuteur en se dégageant.

Le clown se mit à transpirer.

– Vous n'avez pas de montre.

– Un problème ? demanda Slugworth.

– Euh, non, bredouilla Larry. Je me demandais juste si je pouvais vous serrer l'autre main.

Il s'en saisit. Pas de montre non plus de ce côté !

– Allez-vous-en ! tonna Slugworth en le repoussant avec force.

– Willy Wonka vous donne rendez-vous à la vieille mine de cuivre, cria Larry, paniqué, en détalant.

Comme il titubait hors du bâtiment, il bouscula Piper.

– Tu l'as ? demanda celle-ci, pleine d'**ESPOIR**.

– Non, haleta Larry.

– Comment ça, non ? protesta Piper.

Larry s'effondra sous le poids de sa panique.

– Il ne portait pas de montre !

Piper aperçut Slugworth qui sortait de l'école en trombe, fourrant une montre dans sa poche.

– Il l'a fixée à une chaîne ! C'est une montre de gousset aujourd'hui. Regarde ! s'écria-t-elle.

Larry se frappa le front.

– C'est bien ma VEINE ! Qu'est-ce qu'on va faire ?

Sans réfléchir, Piper fonça vers le chocolatier et le percuta de plein fouet. Slugworth glissa, vacilla et écarta les bras pour reprendre son équilibre.

– Regardez où vous allez, espèce d'idiote ! rugit-il en l'écartant d'une bourrade.

Il jeta un dernier coup d'œil à la foule, admit que Willy n'était pas là, remonta dans sa voiture et s'éloigna à toute vitesse.

– Alors ? chuchota Larry en s'approchant discrètement. Tu l'as eue ?

Piper brandit la montre avec un sourire satisfait. Celle-ci indiquait 8 h 16.

22

ABIGAIL EN CAVALE

Le prêtre sortit de derrière la cathédrale et se figea. Puis il se frotta les yeux d'un air incrédule. Plantée au milieu de la rue, et le fixant avec un air affamé, se tenait une *girafe* !

Malheureusement, en se frottant les yeux, il perdit le contact visuel avec Abigail qui, **ENHARDIE**, en profita pour se rapprocher.

Elle leva la tête et renifla.

– Tout doux ! Du calme. Gentille girafe, dit nerveusement le prêtre en commençant à reculer.

Cela ne plut pas à Abigail, qui frappa le sol d'un de ses sabots.

Le prêtre transpirait à présent, et tout son corps tremblait de frayeur. Même ses joues **BLOBLOTAIENT**, telle une crème caramel.

– Sauvez-vous ! hurla-t-il, battant en retraite dans la cathédrale et claquant les portes.

Il s'élança dans la travée centrale, sous le regard perplexe de quelques moines et des fidèles en train de prier en silence.

– Levez-vous, vite ! C'est une… C'est la… Le GRAND COU !

Dans son agitation, il avait oublié le mot « girafe ». Abigail enfonça les portes et lui courut après. La panique gagna les autres personnes présentes dans la cathédrale. Sacs, chaussures et chapeaux volèrent dans tous les sens tandis que des hurlements se mêlaient au tonnerre des sabots et se répercutaient sous le haut plafond. Le prêtre monta les marches de la chaire d'un pas chancelant et empoigna le téléphone dissimulé sous le pupitre.

– Qu'est-ce que j'ai fait pour mériter ça ? se lamenta-t-il en tapant un numéro.

« Tu sais très bien ce que tu as fait, Julius. Tu as vendu ton âme pour vingt pièces en chocolat ! »

– Opératrice ? Opératrice ?

– Bonjour, ici le standard ! claironna Lottie. Qui cherchez-vous à joindre ?

– Le zoo ! Passez-moi le zoo ! C'est urgent ! réclama le prêtre.

– Je vous mets en relation, dit Lottie sur un ton plein d'assurance. Ne quittez pas !

Il y eut un cliquetis, et le téléphone sonna dans une cabine voisine.

Larry fit **CRAQUER** ses jointures avant de décrocher pendant qu'autour de lui Willy, Noodle, Abacus et Piper échangeaient des regards nerveux.

– Le zoo, j'écoute, annonça Larry.

Le reste du groupe poussa des cris d'animaux.

– Calmez-vous, les animaux, ordonna Larry en essayant de ne pas rire. Toi aussi, la pieuvre, ajouta-t-il en déformant sa voix comme s'il parlait sous l'eau.

– EST-CE QUE VOUS AVEZ PERDU UNE GIRAFE ? hurla le prêtre.

– Je crois que nous en avons égaré une, en effet, répondit Larry. C'est si vite arrivé, n'est-ce pas ?

Les autres entendirent les exclamations exaspérées du prêtre à l'autre bout du fil.

– Oui, c'est si vite arrivé. C'est ce que je viens de dire, articula Larry, la voix frémissante d'un rire mal contenu.

Les cris du prêtre montèrent dans les **AIGUS**.

– D'accord, d'accord ! Je vous envoie une équipe pour la récupérer. Restez où vous êtes.

À la cathédrale, le prêtre raccrocha son

téléphone et poussa un soupir de soulagement. Mais la seconde d'après, il sentit un souffle chaud dans son cou. Il tourna lentement la tête. Deux immenses yeux affamés le fixaient. Abigail se mit à renifler, et le prêtre gémit. Elle lui huma le visage et le cou, et quand les poils de son museau lui effleurèrent la gorge, le prêtre frissonna de terreur. Puis soudain, Abigail plongea la tête dans sa poche. *Croc!* Le prêtre sursauta, baissa la tête… et n'en crut pas ses yeux en découvrant des bonbons durs, vert **VIF**. Un horrible miracle avait rempli sa poche de sucreries qu'une girafe affamée était en train de dévorer!

Le prêtre vacilla comme Abigail tentait d'enfoncer davantage le museau dans sa poche. Il lutta et se débattit jusqu'à ce qu'il réussisse à sortir les bras de sa soutane. Celle-ci s'affaissa sur le sol tandis qu'il bondissait par-dessus le pupitre pour se mettre en sécurité.

Soudain, un *bip* résonna à l'extérieur, et la camionnette du zoo fit irruption dans la cathédrale. Elle **ZIGZAGUA** parmi les accessoires que les fidèles avaient abandonnés en s'enfuyant et s'arrêta avec un crissement de pneus au milieu de la travée centrale.

Abacus, Piper et Larry sautèrent à terre.

– Mieux vaut que vous sortiez, suggéra Abacus au prêtre. Ce sera plus sûr.

Le malheureux ne se le fit pas dire deux fois. Il prit ses jambes à son cou et s'enfuit sans un regard en arrière.

À l'arrière de la camionnette, Willy se dissimulait sous un tas de paille qui empestait la girafe mouillée. Assise près de lui, les genoux remontés contre la poitrine, Noodle respirait par la bouche pour ne pas sentir l'odeur. L'estomac de Willy bouillonnait d'EXCITATION nerveuse à la pensée d'exécuter son plan.

Piper ouvrit la porte arrière.

– La voie est libre, annonça-t-elle. Venez !

Les deux amis jaillirent du tas de paille et se dirigèrent vers le confessionnal. Willy s'y glissa le premier, pendant qu'Abacus s'installait côté prêtre. Piper tendit les codes à Noodle, qui se faufila près de Willy. Il y avait à peine assez de place pour eux deux.

Personne ne dit rien. La nervosité avait gagné tout le groupe. Abacus adressa un signe de tête **ENCOURAGEANT** à Willy. Puis il tira sur le levier. Avec un bourdonnement, la cabine s'ébranla et se mit à descendre.

– C'est parti, chuchota Willy tandis qu'ils s'enfonçaient dans l'obscurité.

23

BOUCHON DE FLAMANTS ROSES

Ping! Quand les portes de l'ascenseur s'ouvrirent dans la crypte, la chef de la sécurité leva des yeux surpris et découvrit non pas un visiteur, mais une boîte de chocolats **ENTOURÉE** d'un ruban et posée sur un présentoir.

Elle entra dans la cabine, saisit la carte qui accompagnait la boîte et lut :

Pour vous remercier de travailler si dur, un petit cadeau de notre part.

– Oh, c'est gentil, dit-elle en déballant une des pralines et en la fourrant dans sa bouche.

Presque aussitôt, elle se mit à baver et à **REBONDIR** au plafond.

– Ah, elle commence à *pleurer* ? demanda Noodle dans leur cachette au-dessus de l'ascenseur.

– Et enfin..., dit Willy en agitant la main. (Il y eut un choc sourd.) ÉPUISÉE PAR LA FÊTE.

Pendant ce temps, à l'autre bout de la ville, la limousine de Slugworth se frayait lentement un chemin à travers la nuée de flamants roses qui avait envahi la route.

– Désolé, monsieur, lança son chauffeur, mais une camionnette de livraison de crevettes a eu un accident, et sa cargaison s'est répandue partout. Vous savez comment sont les flamants roses.

– Tâchez de vous dépêcher, vous voulez bien ? réclama Slugworth. *Tic tac, tic tac.*

Il voulut consulter sa montre de gousset et sursauta quand sa main ne trouva que du vide dans sa poche.

La veine sur son front se mit à palpiter ; il roula des yeux furieux en passant en revue ses souvenirs récents.

– Cette femme ! s'écria-t-il soudain en se rappelant sa collision avec Piper.

Il saisit le téléphone de sa voiture et composa un numéro.

– Mon père, tout va bien de votre côté ? demanda-t-il sur un ton pressant.

– Oh oui, Mr Slugworth, tout va comme sur des **ROULETTES**. Du moins, maintenant.

– Comment ça, *maintenant* ?

– Oh, nous avons eu la visite d'une girafe tout à l'heure, expliqua le prêtre.

Slugworth tourna la tête vers la fenêtre à

laquelle un flamant rose donnait des coups de bec agressifs.

– Désolé, la ligne est mauvaise. Une quoi ? J'ai cru entendre *girafe*, mais j'ai dû mal...

– Si, coupa le prêtre. Une girafe ! Du zoo ! On a dû évacuer l'endroit pendant une vingtaine de minutes, mais tout est revenu à la normale à présent.

Slugworth raccrocha et appela Fickelgruber et Prodnose sur la ligne spéciale du cartel, qui permettait de contacter tous les membres en même temps.

– Où êtes-vous, messieurs ? demanda-t-il.

– Je vais chez mon tailleur, mentit Fickelgruber.

– Je... je prends juste un bain, glapit Prodnose. C'est ça, un bain !

SILENCE sur la ligne avant que Slugworth lance sur un ton soupçonneux :

– Dans ta voiture ?

– Eh bien, quoi ? Tu n'as pas de baignoire dans la tienne ? couina Prodnose.

Slugworth réfléchit en tendant l'oreille. À l'autre bout de la ligne, il entendait des coups de bec contre une vitre… Les mêmes battements d'**AILES** et cris d'oiseaux…

– Allô ? dirent Fickelgruber et Prodnose en même temps.

– Je suis toujours là, répondit Slugworth. Sur la route – et vous aussi. Coincés tous les trois dans un bouchon de flamants roses. Vous allez voir Wonka, et moi aussi. Sauf qu'il ne sera pas au point de rendez-vous.

– Pourquoi ? Où est-il ? demanda Fickelgruber.

– Dans la crypte, fulmina Slugworth, consumé par la rage. En train de nous *cambrioler*.

24

LA VÉRITÉ EST DANS LA CRYPTE

Willy et Noodle se tenaient face à la **GIGANTESQUE** porte d'acier de la crypte. La serrure ronde portait trois cadrans individuels, un pour chaque chocolatier du cartel.

Noodle sortit les trois bouts de papier que lui avait donnés Piper. Elle lut les chiffres à voix haute, lentement pour que Willy ne fasse pas d'erreur.

– Six, quatre, deux. Deux, sept, trois. Neuf, un, huit.

Willy exécuta la combinaison et prit une grande inspiration. Ensemble, ils tentèrent d'actionner l'énorme serrure ronde pour ouvrir la porte.

– Un, chuchota Willy. Deux. Tr…

Rien ne bougea.

– Ce n'est pas le bon code ! s'alarma Noodle. Ça n'a pas marché !

Les épaules de Willy s'affaissèrent. La dernière partie de leur plan ne se trouvait qu'à quelques mètres d'eux, mais sans le code, ils auraient aussi bien pu être renvoyés à la case départ.

– Ah ! s'exclama Noodle, faisant **SURSAUTER** Willy. Attends une minute…

– Qu'y a-t-il ? demanda Willy, plein d'espoir.

Il vit que la jeune fille retournait le dernier bout de papier.

– Il était peut-être à l'envers, suggéra-t-elle. Essaye huit, un, six.

CLANG !

– Noodle ! s’écria Willy, **ÉPATÉ**, avant de pousser le lourd battant.

Celui-ci s’ouvrit, révélant un antre secret plein de tuyaux, de valves, d’étranges panneaux de contrôle et de machines bruyantes.

– Bien joué ! Tu as réussi le test.

– Quel test ? demanda la jeune fille.

– Le test des chiffres à l’envers, répondit Willy.

– Ce n’est pas un test.

– C’était absolument un test. (Ses yeux balayèrent la pièce.) Maintenant, tâchons de trouver ce registre.

Ils foncèrent à l’intérieur, vidant les tiroirs et renversant les piles de papier. Ils regardèrent sous les chaises et les tapis. En somme, ils fouillèrent partout.

– Tu trouves quelque chose ? demanda Willy.

Dans sa frustration, Noodle jeta plusieurs boîtes de chocolats par terre.

– Rien du tout.

– Continue à chercher. Il est forcément là.

La jeune fille s'affaissa sur une chaise.

– Tu vois bien que non, Willy.

– Il le faut. Abacus nous a dit...

– Abacus est resté enfermé dans la blanchisserie pendant quatre ans. Les choses ont pu changer. Ou peut-être que les vapeurs de lessive lui sont montées à la tête. Il n'y a rien ici à part de bêtes boîtes de chocolats !

Noodle saisit une de celles de Slugworth et la lança de toutes ses forces. Les pralines **VOLÈRENT** à travers la pièce. La boîte s'écrasa sur un carreau du mur, et il y eut un drôle de *clic*. Puis il se produisit quelque chose d'incroyable : le carreau s'ouvrit, révélant une cache.

À l'intérieur de celle-ci reposait un **ÉPAIS** volume relié de cuir vert.

– Le registre vert ! se réjouit Willy, qui le prit et le brandit en l'air. Pendant une minute, tu m'as fait peur, Noodle. Mais tu savais où il était depuis le début !

– Pas du tout, j'ai juste...

Soudain, il y eut un *BANG*. Willy se retourna. Un pistolet à la main, Slugworth bloquait la seule issue. Fickelgruber et Prodnose se tenaient près de lui dans une posture arrogante.

– Vilain Mr Wonka, ricana Slugworth. Vous nous avez donné du fil à retordre, vous et cette petite vaurienne.

– Mais ce n'est pas n'importe quelle vaurienne, n'est-ce pas ? répliqua Willy en faisant courageusement un pas vers lui, car il ne voulait pas laisser passer cette chance d'obtenir des réponses. Elle est de votre famille.

– Quoi ? s'exclama Noodle. De quoi tu parles, Willy ?

– Tu sais, cette bague que tu tiens de tes parents ? dit-il gentiment. Eh bien, Mr Slugworth a la même. Pas vrai, Mr Slugworth ?

Celui-ci fixa Willy en **PLISSANT** les yeux tandis que Noodle tirait sur la chaîne qu'elle portait autour du cou.

– C'était la chevalière de mon frère, dit-il sans quitter Willy des yeux. Il s'appelait Zebedee.

Noodle fixa la bague en chuchotant :

– C'était mon père ?

– C'était surtout un épouvantable romantique ! cracha Slugworth. Il est tombé amoureux d'une fille du peuple, un rat de bibliothèque, mais il est mort avant de pouvoir l'épouser, me laissant seul héritier de la fortune familiale. Du moins, je le pensais. Puis j'ai entendu parler de toi. Tu allais naître bientôt, et tu pourrais prétendre à une partie de *mon* argent. Mais la CHANCE a voulu que, peu de temps après ta naissance, ta mère vienne me voir et me supplie d'appeler un docteur pour son bébé malade. Je lui ai dit de me laisser l'enfant, que je l'aiderais.

Inquiet pour Noodle, Willy se rapprocha d'elle. La jeune fille ne semblait pas avoir assimilé la nouvelle : le visage de marbre, elle ne réagissait pas. Puis sa main qui tenait la bague commença à trembler.

– Bien entendu, mon plan était tout autre, reprit Slugworth avec un rictus cruel.

– Vous ne m'avez pas emmenée chez le docteur, devina Noodle. Vous m'avez emmenée chez Scrubitt et Bleacher.

Slugworth rit.

– Je t'ai jetée dans la chute à linge et dans une petite vie misérable !

Noodle tripota la bague du pouce.

– Ce n'était pas le N de Noodle, mais le Z de Zebedee, marmonna-t-elle.

– C'est l'histoire la plus affreuse que j'aie jamais entendue ! s'écria Willy. Et quel mensonge avez-vous raconté à sa mère pour expliquer la situation ?

– Oh, je lui ai dit que le bébé était mort, répondit Slugworth sur un ton désinvolte. Je lui ai donné une bourse pleine de souverains, et je l'ai renvoyée d'où elle venait. Elle avait le cœur brisé, mais elle m'a cru.

Willy tourna son attention vers le gros registre vert, qu'il **FEUILLETA** à toute vitesse.

– Où l'avez-vous renvoyée, Slugworth ? demanda Noodle, désespérée. Elle est peut-être encore quelque part dans cette ville ! Comment s'appelle-t-elle ?

Slugworth se tapota le menton.

– Oooh. Voyons… Comment… ? *Mmm…* Non, je crois bien que j'ai oublié. Tu dois comprendre qu'elle était très pauvre.

Fickelgruber fut pris d'un haut-le-cœur.

– Désolé, Felix, s'excusa Slugworth.

Willy s'interrompit et leva les yeux, son estomac faisant la **CULBUTE**.

– Je l'ai trouvée, Noodle, annonça-t-il. Elle s'appelait Dorothy Smith.

La jeune fille le dévisagea, éberluée.

– Tu l'as trouvée ?

– Regarde, dit Willy en pointant une ligne dans le registre. Juste là.

Noodle se pencha pour mieux voir, puis releva subitement la tête.

– Attends, Willy, comment tu as fait pour lire ça ?

– Je suppose que tu as réussi à m'apprendre, en fin de compte, répondit-il avec un sourire.

– Eh bien, tout cela est très touchant, commenta Slugworth, mais j'ai un petit cadeau pour vous.

Fickelgruber arracha le registre des mains de Willy.

– Quel cadeau ? demanda Noodle.

Slugworth la fixa avec un **RICTUS** sinistre.

– LA MORT PAR CHOCOLAT ! aboya-t-il.

25

LA MORT PAR CHOCOLAT

Les membres du cartel entraînèrent Noodle et Willy vers une porte d'acier munie d'un petit hublot, située au fond de leur repaire secret. De l'autre côté, une énorme cuve remplie de chocolat bouillonnait devant eux. Elle ressemblait à un bol **MÉLANGEUR** géant – et meurtrier. De grandes lames tournoyaient à l'intérieur, fendant furieusement la mixture.

Fickelgruber tira sur un levier et, au grand

soulagement de Willy, les lames s'immobilisèrent. Mais son soulagement fut de courte durée.

– Avancez, ordonna Slugworth en poussant les deux prisonniers sur la lame qui s'étendait devant eux. Il leur désigna le milieu de la cuve, où se dressait un petit îlot métallique : la plaque à laquelle toutes les lames étaient fixées.

– Considérant la situation, lança Willy alors qu'on les conduisait vers le centre de la cuve, accepteriez-vous de faire une bonne action de ma part, messieurs ?

– Une quoi ? cracha Fickelgruber.

– Une bonne action. Un geste désintéressé, clarifia Prodnose.

– Bien entendu, Mr Wonka, répondit très **VITE** Slugworth, qui avait hâte d'en finir. De quoi s'agit-il ?

Willy plongea une main dans son chapeau et en tira un bocal de chocolats.

– Je me demandais si vous pourriez remettre ceci à quelqu'un. Au cas où vous le croiseriez un jour, naturellement.

– Qui ça ? demanda Slugworth.

– Un petit homme orange à peu près grand comme ça, dit Willy en indiquant de la main le niveau de son genou. Avec des cheveux verts.

– Hein ?

– Je lui dois un bocal de chocolats. Et... je crois que ceux-ci sont les meilleurs que j'aie jamais fabriqués.

Il SECOUA le récipient. Il contenait des pralines qui avaient la même forme que les Chocovols, mais elles étaient rayées de violet, de vert et de bleu. Willy le lança vers Slugworth, qui le rattrapa au vol.

– D'accord. Oui. Je veillerai à ce qu'il les reçoive, dit-il distraitement.

Fickelgruber tira de nouveau sur le levier et la

lame recommença à tourner, bloquant les prisonniers sur l'îlot central.

Horrifiés, Willy et Noodle regardèrent les trois hommes sortir de la pièce en scellant la porte derrière eux. Par le hublot, ils les virent se diriger vers un mur couvert de valves, qu'ils actionnèrent une par une. Dans un grondement de **TONNERRE**, du chocolat jaillit des trois tuyaux qui bordaient la cuve – chacun d'eux réservé à la production de l'un des membres du cartel. Le niveau s'éleva rapidement, et bientôt le liquide brun éclaboussa les chaussures des prisonniers.

Willy déglutit. En quelques instants, ils furent soulevés par le flot et s'élevèrent vers le plafond de la pièce. Mais la puissance de rotation des lames les attirait vers le bas comme pour les noyer.

Impuissants, ils virent les chocolatiers se replier dans les profondeurs de leur antre, et

Fickelgruber remettre le registre vert dans sa cache.

– Willy ! cria Noodle alors que le chocolat atteignait leur ventre. Commence à nager ! On doit rester en surface !

Elle avait raison : s'ils se laissaient entraîner jusqu'aux lames, elles les tailleraient en pièces. Cependant, le plafond se rapprochait, et quand ils l'atteindraient, ils se noieraient inévitablement.

Willy avait pourtant un autre souci en tête. Il se mit à sortir des flacons d'ingrédients de ses poches et à les jeter **AU HASARD** dans la mixture.

– Qu'est-ce que tu fais ? cria Noodle.

– Si on doit mourir dans du chocolat, ce sera du chocolat Wonka.

PING ! Les portes de l'ascenseur s'ouvrirent dans la cathédrale, et les membres du cartel en sortirent. Slugworth regarda le bocal de chocolats Wonka.

– Les meilleurs qu'il ait jamais fabriqués, hein ?

Il en saisit une poignée et les fourra dans sa bouche. Les deux autres l'imitèrent.

– Bien, euh, messieurs, commença le prêtre, penaud, en apparaissant derrière eux. Nous avons eu une grosse frayeur aujourd'hui, et je me demandais si nous pourrions renégocier notre arrangement ou…

Slugworth lui lança le bocal contenant les dernières pralines, et le visage de l'homme s'illumina.

– Ou continuer comme avant, acheva le prêtre en se léchant les babines.

– Ce Wonka était peut-être aussi **GIVRÉ** qu'une crème glacée, déclara Slugworth tandis que lui et ses collègues se dirigeaient vers la porte, mais il savait fabriquer du chocolat.

– Tu crois qu'on aurait dû en garder pour

le petit homme orange aux cheveux verts ? demanda Prodnose.

– Dis-moi que tu plaisantes, lâcha Fickelgruber.

– Bien sûr que je plaisante, s'écria Prodnose avant d'hésiter. Euh, pourquoi je plaisante ?

– Parce que ça n'existe pas, espèce d'ahuri, rugit Slugworth.

– Je le savais ! protesta Prodnose, vexé. Mais dans ce cas, pourquoi a-t-il dit que… ?

Dans la cuve, les têtes de Willy et de Noodle oscillaient dangereusement près du plafond. Le chocolat **CLAPOTANT** entrait déjà dans leurs bouches, et ce n'était qu'une question de secondes avant qu'il les recouvre complètement. Au-dessus d'eux, ils avisèrent une petite fenêtre ronde.

– À l'aide ! À l'aide ! À l'aide ! hurlèrent-ils en boucle, cognant désespérément sur la vitre.

Soudain, des ombres flottèrent de l'autre côté du verre.

– Des gens ! dit Noodle en crachant du chocolat. Ça donne sur la cathédrale. Et ils nous ont entendus !

Les ombres se rapprochèrent, et ils purent distinguer des visages.

– Oh, non, pas eux ! gémit Willy alors que Slugworth, Fickelgruber et Prodnose leur adressaient un large sourire.

Leurs **RICTUS** arrogants furent la dernière chose que virent Willy et Noodle avant que le chocolat recouvre leurs têtes et que le monde disparaisse.

26

UN OOMPA-LOOMPA DANS UN ASCENSEUR

Roulé en boule dans son confessionnal, le prêtre finissait les chocolats en marmonnant avec une mine coupable.

– Tu dois te ressaisir, chuchota-t-il. **SÉRIEUSEMENT**. Cesse de t'inquiéter pour ces péchés véniels. Personne ne va apparaître pour te punir. C'est juste du chocolat.

– Minute ! gronda une voix.

Le prêtre baissa les yeux vers l'endroit d'où elle provenait – juste à côté de ses chaussures.

– C'est *mon* chocolat, affirma l'Oompa-

Loompa. J'ai suivi l'odeur jusqu'à la source et elle m'a conduit à *vous* en train de MANGER MES CHOCOLATS ! Imaginez ma SURPRISE.

Le prêtre s'évanouit immédiatement, et le bocal vide tomba dans les bras du petit homme, qui prit une expression grave.

– Ce que vous volez à un Oompa-Loompa, il le reprendra mille fois ! rugit-il avant de s'interrompre pour renifler, le nez en l'air.

Du chocolat, du chocolat à profusion… Il renifla de nouveau. Au sous-sol. Une parfaite compensation. Avisant le levier à côté du prêtre, il l'actionna et fut très surpris de sentir le confessionnal s'ébranler.

Quand la porte de l'ascenseur s'ouvrit dans la crypte, l'Oompa-Loompa tira sur une ficelle qui pendait contre son flanc, et une paire d'ailes mécaniques se déplia dans son dos. Il décolla, traversa la crypte et suivit la piste odorante jusqu'à la cuve. S'immobilisant devant le hublot de la porte, il regarda le chocolat fondu s'agiter de l'autre côté. Puis quelque chose attira son regard : un haut-de-forme familier qui **TOURBILLONNAIT** dans la mixture. Comprenant la situation, il eut un sursaut de stupeur. Rapide comme l'éclair, il se précipita vers le mur de valves et de cadrans de contrôle, sur lequel il aperçut un levier marqué VIDANGE D'URGENCE. Il tira dessus et, immédiatement, la cuve se mit à bouillonner et à glouglouter. À son grand soulagement, les lames cessèrent de tourner, et le niveau de chocolat fondu commença à baisser. L'Oompa-Loompa se rongea les ongles en frémissant et attendit de voir ce qu'il restait de Willy Wonka.

Centimètre par centimètre, la cuve se vida de son contenu. Tout était si calme et si silencieux là-dedans… Pas le moindre signe de vie.

Soudain, Willy et Noodle crevèrent la surface, toussant, crachant et inspirant à pleins poumons.

– On est vivants ! s'écria joyeusement Noodle.

Et elle étreignit son ami avant de se secouer pour vider le chocolat de ses oreilles.

Willy avait du mal à y croire. Il était si heureux qu'il se mit à faire des cabrioles et à tournoyer dans le tourbillon de chocolat qui s'évacuait. Bientôt, la cuve fut presque vide ; il ne restait que quelques flaques de mixture brune dans le fond.

– Nous sommes **SAUVÉS !** se réjouit Noodle en dansant sur place. C'est grâce à qui ?

Levant les yeux, Willy aperçut la petite silhouette près du hublot.

– Ah ha ! s'écria-t-il avec un signe de tête RECONNAISSANT. C'est grâce au petit homme orange aux cheveux verts, Noodle.

– Je suis sérieuse, Willy, répliqua la jeune fille.

– Moi aussi ! Il est juste là.

Mais quand Noodle leva les yeux à son tour, l'Oompa-Loompa avait disparu.

27

LE BOCAL VIDE

Les membres du cartel émergèrent de la cathédrale au moment où le chef de la police apparaissait au coin de la rue, accompagné par Affable et deux autres agents. Manger huit cents boîtes de pralines ne lui avait pas réussi. Il avait le visage gris et barbouillé de chocolat, les paupières aussi lourdes que sa démarche. Il s'arrêta en **SOUFFLANT** et cria :

– Messieurs ! Dieu merci, vous allez bien ! Je suis venu le plus vite possible. Un cambriolage, disiez-vous ?

– Ne vous en faites pas, chef. La situation est sous contrôle. Deux voleurs se sont introduits par effraction, mais je crains qu'ils n'aient eu un petit accident, annonça Slugworth sur un ton funeste.

– Dans lequel ils sont décédés, précisa Prodnose.

Les trois chocolatiers éclatèrent de rire.

– Qu'y a-t-il de si **DRÔLE ?** lança une voix.

Ils se retournèrent et, horrifiés, découvrirent Willy sur les marches de la cathédrale en compagnie de Noodle, dégoulinants de chocolat mais bien vivants.

– Wonka ! rugit Slugworth. Vous devriez être m…

Il s'arrêta net en voyant ce que Noodle tenait dans sa main. Alors, il se mit à trembler.

– Inspecteur Affable, appela Willy. Auriez-vous la gentillesse d'examiner ceci ?

Noodle tendit le registre vert au policier.

– Un récapitulatif de tous les paiements illégaux

que ces hommes ont effectués, expliqua la jeune fille en décochant un sourire satisfait aux membres du cartel. Il y en a des milliers.

Derrière eux, le prêtre s'éclipsa discrètement.

– Ne l'écoutez pas, Affable ! s'écria le chef de la police. Elle ment !

– Évidemment, cracha Slugworth.

L'inspecteur Affable ouvrit le registre et le feuilleta en écarquillant les yeux.

– Non, elle ne ment pas, monsieur. Elle a absolument raison. C'est... **INCROYABLE**.

De la sueur perla sur le front du chef de la police. Il opta pour une autre tactique.

– Oh. Bon. Dans ce cas, il s'agit d'une affaire pour un haut gradé. Donnez-moi ça, Affable. Je prends la relève.

Il tenta de s'emparer du registre, mais l'inspecteur ne le lâcha pas.

– Je crains de ne pouvoir vous le laisser, monsieur, dit-il.

– Et pourquoi donc ? demanda son supérieur en jetant un coup d'œil nerveux à Slugworth.

– Parce que votre nom apparaît très souvent là-dedans, répondit Affable.

Le chef de la police tomba à genoux.

– Maudite soit ma **FAIBLESSE** pour le sucre !

C'était quasiment une confession. Sur un signe de tête de l'inspecteur, ses collègues s'avancèrent pour arrêter leur supérieur et les membres du cartel.

– D'accord, j'avoue. Je suis faible. Mais je parlerai, promit le chef de la police. Je donnerai des noms. Bon, vous les connaissez déjà, mais je les donnerai quand même. Tout ce que je demande en échange, c'est un petit bout de chocolat...

– Messieurs ? lança Slugworth, comprenant que la partie était perdue. Courez !

Les trois chocolatiers s'élancèrent à travers la place. Mais très vite, quelque chose d'incroyable se produisit. Leurs pieds décollèrent du sol et ils s'élevèrent vers le ciel.

– Oh, non ! Pas encore ! se lamenta Slugworth.

– Vous n'avez pas touché à mes chocolats, j'espère, Mr Slugworth ? lança Willy tandis qu'ils prenaient de l'**ALTITUDE**.

Slugworth découvrit les dents.

– Pourquoi ?

– Parce que c'était des Chocovols, répondit Willy. Ma nouvelle version avec effet à retardement. Et extraforts. À la vitesse où vous allez tous les trois, j'imagine que vous avez vidé le bocal !

Slugworth s'accrocha à l'un des jets d'eau gelés de la fontaine ; puis Fickelgruber lui saisit un pied, et Prodnose attrapa une cheville de Fickelgruber. Le formidable cartel du chocolat se trouvait réduit à un chapelet de criminels flottant au vent tels des fanions.

– Vous vous trouvez **MALIN**, pas vrai ? jeta Slugworth à Willy. Mais il y a pour un million de souverains de chocolat sous nos pieds. Nous prendrons les meilleurs avocats, nous soudoierons le juge, nous manipulerons le jury si nécessaire. Nous nous en tirerons !

Un petit sourire fleurit sur le visage de Willy.

– Si seulement j'y avais pensé ! Noodle ?

La jeune fille hocha la tête et donna un coup de clé à molette sur une bouche à incendie. C'était la dernière partie de leur plan, celle qu'ils avaient le plus hâte de mettre à exécution. Sous leurs pieds, dissimulés dans les entrailles de la ville, leurs amis entendirent le signal.

– Maintenant ! cria Piper.

Ensemble, Abacus, Lottie, Larry et elle se mirent à dévisser des écrous sur des tuyaux.

– Qu'est-ce que vous faites, Wonka ? cria Slugworth sur un ton méfiant. Pourquoi a-t-elle tapé sur cette bouche à incendie ?

Noodle leva la tête pour lui sourire tandis que le sol se mettait à trembler sous eux. Des tuiles glissèrent des toits alentour ; les melons roulèrent à bas de la charrette de la marchande ; tout le monde sur la place s'arrêta et baissa les yeux.

Les stalactites sur les robinets de la fontaine commencèrent à craquer. La main de Slugworth glissa légèrement, et il RESSERRA sa prise. Soudain, il y eut un bruit de cascade ; la fontaine reprenait vie. À ceci près qu'elle ne crachait plus d'eau.

– C'est du chocolat ! glapit Slugworth.

– Notre chocolat, hoqueta Prodnose.

– Nous sommes ruinés ! cria Fickelgruber.

Le glaçon auquel s'accrochait Slugworth se brisa, et les trois chocolatiers s'envolèrent dans le ciel.

– Ruinés ? cria Willy, la tête levée vers eux. Je ne crois pas. Vu d'ici, on dirait au contraire que vous vous élevez dans le monde !

– Il veut dire que nous montons physiquement, clarifia Prodnose. Financièrement, en revanche…

– Oh, la ferme, Prodnose ! aboya Slugworth.

– Tu n'es qu'un imbécile ! ajouta Fickelgruber.

– Au moins, je ne vomis pas chaque fois que quelqu'un prononce le mot « pauvres », ricana Prodnose.

Tous trois s'empoignèrent et se mirent à lutter, à coups de pied et de poing tandis qu'ils continuaient à prendre de l'altitude. Mais seul Willy les suivit du regard. Toutes les autres personnes présentes sur la place ne s'intéressaient qu'au chocolat. Certaines léchaient les murs ; d'autres **PLONGEAIENT** dans la fontaine.

– Ne vous en faites pas, messieurs, lança Willy aux trois membres du cartel. Vous finirez par redescendre. Du moins, je le crois. En attendant, nous devons faire quelque chose de tout ce chocolat.

Il y enfonça un doigt avant de le porter à sa bouche pour goûter. Un frisson le parcourut.

– Certains disent qu'un bon chocolat doit être simple, sobre, avec une saveur unique...

Il sortit des flacons de ses poches et en renversa le contenu dans la fontaine.

– Mais moi, j'aime la complication, l'élaboration et l'innovation. En résumé : la WONKAFICATION.

Le chocolat dans la fontaine se mit alors à bouillonner et prit une MAGNIFIQUE teinte violette.

– Mesdames et messieurs, lança Willy sur un ton grandiloquent, mes amis et moi-même vous invitons à savourer notre chocolat !

Les ex-ouvriers de la blanchisserie le rejoignirent en courant. Ensemble, ils regardèrent les membres du cartel devenir de plus en plus petits dans le ciel, continuant à se **CHAMAILLER** jusqu'à ce qu'ils disparaissent de leur vue.

28
ARRÊTEZ-LES !

À la blanchisserie, Mrs Scrubitt était en train de classer ses liasses de billets et de les dépenser dans sa tête.

– Une belle vieille maison à la campagne, dit-elle en tapotant la première. Un énorme tonneau de jus de ver. Des culottes en dentelle fine…

Elle fut interrompue par Bleacher, qui fit IRRUPTION dans la boutique et tira précipitamment le verrou derrière lui.

– C'est le cartel ! siffla-t-il. Ils sont tombés !

Mrs Scrubitt se leva d'un BOND.

– Eh bien, nous n'avons rien fait ! À part empoisonner ces chocolats !

On frappa à la porte.

– Police ! cria une voix suivie de nouveaux coups.

– Vite ! s'écria Mrs Scrubitt. Avale les preuves !

– Police !

– Une seconde, monsieur l'agent, je suis aux toilettes !

Bleacher et elle empoignèrent le plateau d'étranges flacons qu'ils avaient volés à Willy et, d'un trait, vidèrent le reste de leur contenu dans leur gosier.

– J'ai presque fini, monsieur l'agent, lança Mrs Scrubitt. Ah, non, pas tout à fait, il en reste un peu !

– Scrubitt, Bleacher, OUVREZ ou on défonce cette porte !

Et de fait, les policiers durent la défoncer.

Mais lorsqu'ils firent irruption dans la boutique, au lieu des deux criminels qu'ils s'attendaient à arrêter, ils ne trouvèrent que deux montagnes de cheveux avec des yeux. Ceux de Mrs Scrubitt étaient bleus, assortis à sa toute nouvelle barbe, et lui arrivaient aux chevilles. Ceux de Bleacher étaient verts, et quand il les écarta de son visage boursouflé, tout le monde put voir que sa peau était couverte de taches jaunes.

Cela prit un moment, mais les policiers finirent par trouver leurs bras et par leur passer les menottes. Mrs Scrubitt se débattit en gargouillant :

– Un dernier baiser, mon seigneur, avant qu'on nous sépare à jamais ?

– Oh, **MON ASTICOT !** répondit Bleacher.

Et ils échangèrent un dernier baiser baveux parfumé au jus de ver.

29

RÊVES ET PROMESSES

Assis sur les marches de la cathédrale, Willy regardait les habitants de toute la ville se goinfrer du chocolat de la fontaine. Il sentit une douce **CHALEUR** l'envelopper. La dernière fois que ça lui était arrivé, il n'était encore qu'un garçonnet à bord d'un petit bateau…

Glissant une main dans sa poche, il en sortit sa vieille tablette d'anniversaire.

Le moment était enfin venu.

Il prit une grande inspiration et déchira

l'emballage. À sa grande surprise, il découvrit quelque chose de DORÉ et de brillant en dessous.

Son cœur fit une embardée. Lentement, il défit le reste de l'emballage et leva le papier doré dans la lumière. Un message à demi effacé était rédigé dessus. Un message que, grâce à Noodle, Willy pouvait désormais lire.

Mon secret, c'est que… l'important, ce n'est pas le chocolat. Ce sont les gens avec qui tu le partages !

Bisous, maman.

Willy caressa les mots du bout des doigts, les joues baignées de larmes. Il sentait le regard de sa mère sur lui. Plein d'espoir, il leva les yeux. Elle était bien là, au milieu de la foule. Elle le fixait.

– Tu as tenu ta promesse, chuchota Willy. Tu es là, maman.

Sa mère lui sourit, fière de lui, puis désigna la tablette dans sa main. Willy la leva, la gorge serrée. Il savait que ce serait la toute dernière fois qu'il mangerait le chocolat de sa mère. Tandis que ses larmes coulaient, il cassa un coin de la tablette et le fourra dans sa bouche.

Sa mère battit **JOYEUSEMENT** des mains, comme elle l'avait fait à chacun de ses anniversaires, chaque fois où ils avaient partagé du chocolat. Willy aurait voulu crier, l'attraper et la garder auprès de lui pour toujours, mais il savait qu'il ne le pouvait pas. Alors que le chocolat fondait dans sa bouche, la silhouette de sa mère commença à s'estomper, se faisant de plus en plus floue jusqu'à ce qu'elle disparaisse tout à fait. Mais quelque part, elle serait toujours avec lui. Willy le savait à présent.

Noodle s'approcha en sautillant. Willy essuya ses larmes et lui tendit un morceau de chocolat. La jeune fille le mit dans sa bouche, et une expression de joie pure se propagea sur son visage.

Un par un, les ex-ouvriers de la blanchisserie se joignirent à eux, et Willy leur donna un bout de chocolat à chacun. Ils mangèrent la tablette ensemble, comme une grande famille.

C'était exactement comme Willy l'avait rêvé. Non, c'était encore mieux.

– C'est vraiment le meilleur chocolat du monde, commenta Noodle.

Willy sourit à l'emballage vide dans sa main.

– J'aurais voulu qu'il dure **TOUJOURS**.

Les cloches de la cathédrale sonnèrent.

– Je suppose qu'il est l'heure, dit Willy.

– L'heure de quoi ? demanda Noodle. Que se passe-t-il ?

Leurs amis sourirent et se poussèrent du coude d'un air excité.

– Tu sais combien il y a de D. Smith dans cette ville, Noodle ? demanda Willy.

– Cent six, répondit Abacus. On a regardé dans l'annuaire.

– Mais par chance, reprit Willy, tu as une amie qui travaille au standard, et elle a passé tout l'après-midi au téléphone. Et devine quoi ?

– On l'a **TROUVÉE !** couina Lottie.

Stupéfaite, Noodle se figea.

– Vous avez trouvé ma mère ?

– Aucun de nous n'aurait pu rentrer chez lui avant que toi aussi, tu aies un chez-toi, dit gentiment Abacus.

Willy tendit son bras à la jeune fille.

– Viens, Noodle. Je crois que tu vas aimer l'endroit où nous allons.

30
Z

– La bibliothèque ? hoqueta Noodle. Ma mère travaille à la bibliothèque ?

– Et elle y habite aussi, révéla Willy. Dans une maison d'**IMAGINATION** pure ! N'est-ce pas merveilleux ? C'est comme dans tes rêves : une belle bâtisse ancienne pleine de livres.

C'était un édifice majestueux, aux fenêtres duquel brillait une lumière accueillante. Il s'élevait très haut, car il abritait plus de villes, de personnes et d'animaux que Willy n'en avait rencontrés au cours de ses voyages. Et même si la plupart des gens le considéraient comme un lieu paisible, en réalité il n'existait pas un seul endroit plus bruyant et plus vivant dans le monde entier.

Noodle ouvrit la bouche pour parler, mais aucun son n'en sortit. Sur les marches, une femme attendait patiemment comme si elle se tenait là depuis toujours. Elle aussi était grande, et le soleil qui se reflétait sur la neige à ses pieds l'éclairait par en dessous comme si elle était un **ANGE**.

– Vas-y, dit Willy en poussant doucement Noodle dans le dos.

La jeune fille grimpa les marches, d'abord lentement, puis de plus en plus vite. Ravi, Willy regarda sa mère la prendre dans ses bras pour lui faire un câlin qui semblait devoir ne jamais se terminer. Noodle jeta un coup d'œil à Willy et articula un « merci ».

Willy sourit et empoigna sa canne. Il était temps de partir.

Mais alors qu'il se détournait pour s'en aller, une voix l'arrêta net.

– Ainsi vont les bonnes actions dans ce monde indifférent.

Baissant les yeux, Willy découvrit l'Oompa-Loompa à ses pieds.

– Je me demandais si je te reverrais un jour, dit-il. Merci de m'avoir sauvé la vie dans la crypte.

Il fouilla dans sa valise et en sortit un bocal de chocolats tout frais.

– Je suppose que cela solde nos comptes, dit l'Oompa-Loompa en le prenant. Je vais maintenant regagner mon bien-aimé **LOOMPALAND**, où les fèves de cacao poussent en si petit nombre et où mes amis me méprisent.

– Je croyais qu'ils t'appelaient le Colosse ? fit remarquer Willy.

Gêné, l'Oompa-Loompa se tortilla.

– En fait, admit-il, je fais un demi-centimètre

de moins que la moyenne, et on m'appelle Demi-portion. Bref. Bonne journée, monsieur.

Willy fronça les sourcils.

– C'est dommage que tu doives partir.

L'Oompa-Loompa se détourna et commença à s'éloigner.

– J'ai dit : Bonne journée.

– Pour partager mon chocolat avec le monde entier, il me faudra plus qu'une boutique. Il me faudra une chocolaterie…

– Oui, eh bien, bonne chance à vous.

– … Et quelqu'un pour goûter mes créations.

L'Oompa-Loompa freina brusquement et **PIVOTA** vers Willy.

– Je suppose que rien ne presse, admit-il. Dites-m'en davantage sur cette chocolaterie.

– D'abord, elle devra être très **GRANDE**, déclara Willy tandis qu'ils s'éloignaient tous deux le long de la route. Ensuite, il faudra *absolument* qu'il y ait une rivière de chocolat…

ÉPILOGUE

WONKA

Noodle était si heureuse dans son nouveau chez-elle – la bibliothèque –, avec une adorable maman et une quantité infinie de livres à lire ! Même si sa présence ici ne datait que de quelques mois, elle avait l'impression que c'était depuis toujours. Les horribles années chez Scrubitt et Bleacher commençaient à s'estomper de sa mémoire, effacées peu à peu par chaque **ÉTREINTE** chaleureuse de sa mère.

Sa vie était devenue prévisible, ordinaire et

vraiment idyllique, malgré la MYSTÉRIEUSE disparition de son ami Willy Wonka. Nul ne savait où il était parti, et ses chocolats manquaient à tout le monde.

Mais un soir, quand, après avoir glissé un marque-page dans son livre, Noodle alla à la salle de bains pour se brosser les dents, elle trouva un petit mot sur le lavabo.

Chère Noodle, je t'avais promis du chocolat à vie, et Willy Wonka tient toujours ses promesses. Dans ta nouvelle maison, de l'eau chaude et de l'eau froide sortent des robinets. Je viens de changer ça. Désormais en sortiront de l'eau chaude et du chocolat. Le mien.

Noodle ouvrit le robinet et sursauta en voyant couler un épais chocolat fondu.

J'espère que chaque fois que tu en boiras, tu penseras à moi. Moi, en tout cas, je penserai à toi.

Ton ami, Willy Wonka.

P.-S. : Si jamais tu as besoin de me contacter, adresse-toi au petit homme orange avec des cheveux verts.

– Le petit homme orange avec des cheveux verts, dit Noodle avec un claquement de langue désapprobateur.

Puis elle aperçut quelque chose par terre. Elle s'accroupit et suivit du doigt l'**IMPOSSIBLE** contour de…

– Des empreintes minuscules ! s'écria-t-elle.

Très vite, elle remonta la piste jusque dans sa chambre, autour de sa commode, le long de ses étagères, sous le lit et jusqu'à la fenêtre… sur le rebord de laquelle se tenait un petit homme.

Un petit homme orange aux cheveux verts.

Un instant, Noodle resta paralysée par la surprise. Puis elle agita timidement la main. En guise de réponse, le petit homme lui fit un léger signe de tête.

Noodle n'en croyait pas ses yeux. Il existait vraiment !

Soudain, l'Oompa-Loompa s'anima. Il tira sur une ficelle et, avec un grand fracas métallique, des ailes mécaniques se déployèrent dans son dos. Puis il sauta dans le vide.

Noodle se précipita pour voir. Ravie, elle le regarda piquer, raser les pavés de la rue, puis remonter vers le ciel nocturne.

Il se dirigea vers la silhouette d'une usine, et alors qu'il la survolait, l'enseigne sur le toit s'alluma. Un seul mot, plus délicieux que le clair de lune et qui brillait de mille feux :

Wonka

TABLE

ROALD DAHL a été espion, pilote de chasse émérite, historien du chocolat et inventeur en médecine. Il est aussi l'auteur de *Matilda*, *Fantastique Maître Renard*, du *BGG*, et de bien d'autres récits fabuleux. L'univers et les personnages du film *Wonka* sont inspirés de son célèbre roman *Charlie et la chocolaterie*.

PAUL KING est un immense fan de *Charlie et la chocolaterie*. Dans *Wonka*, il a imaginé les événements qui précèdent l'histoire racontée par Roald Dahl. Il s'est associé à Simon Farnaby pour écrire le scénario du film, dont il est le réalisateur et dans lequel Timothée Chalamet tient le rôle principal.
Scénariste et réalisateur maintes fois nommé aux Bafta, Paul King travaille à la fois pour le cinéma et la télévision. En 2009, il écrit et réalise son premier film, *Bunny and the Bull*, avec Simon Farnaby et Edward Hogg dans les rôles principaux. Il est aussi le réalisateur des trois saisons de la série de la BBC *The Mighty Boosh*, qui lui ont valu une nomination aux Bafta dans la catégorie meilleur jeune réalisateur en 2005. Plus récemment, il a travaillé pour Netflix comme réalisateur et producteur délégué de la série *Space Force*, avec Steve Carell.
En 2014, Paul King revient comme coscénariste et réalisateur de *Paddington*, qui connaît un succès mondial, à la fois critique et commercial. Il est notamment nommé aux

Bafta dans la catégorie meilleure adaptation et meilleur film britannique. Il coécrit et réalise ensuite *Paddington 2*, diffusé par Warner Bros. Pictures en 2017. Le film est applaudi par la critique.

SIMON FARNABY est acteur et scénariste. Coscénariste de *Wonka* avec Paul King, il est également l'un des acteurs du film. Simon Farnaby a notamment joué dans *Cadavres à la pelle*, de John Landis (2010), *Votre Majesté*, de David Gordon Green (2011), *Bill*, film librement inspiré de la jeunesse de William Shakespeare – de Richard Bracewell (2015) – et *Bunny and the Bull* (2009), de Paul King. Il apparaît également dans *Paddington* et *Paddington 2*, qu'il a coécrit avec Paul King.

SIBÉAL POUNDER a transposé l'histoire du film en roman, adaptant le scénario avec talent. Elle est l'autrice de la série best-seller *Malicia Peps*, de la saga *Bad Mermaids* et du conte de Noël *Tinsel*. Son premier roman, *Malicia Peps et le livre magique*, publié en France chez Milan, a été sélectionné pour les prix Sainsbury's Children's Book Awards et Waterstones Children's Book Prize. *Bad Mermaids: Meet the Witches* a fait partie de la sélection World Book Day et a été best-seller du *Sunday Times*. Avant de vivre de sa plume, Sibéal Pounder a travaillé pour le *Financial Times*.

Roald Dahl

chez Gallimard Jeunesse

Fantastique Maître Renard
L'Énorme Crocodile
La Girafe, le pélican et moi
Le Doigt magique
Billy et les Minuscules
Un amour de tortue
Un conte peut en cacher un autre
Coup de gigot et autres histoires à faire peur
Coup de chance et autres nouvelles
L'Enfant qui parlait aux animaux
Tel est pris qui croyait prendre
Charlie et la chocolaterie
Charlie et le grand ascenseur de verre
Matilda
Danny champion du monde
Sacrées Sorcières
James et la grosse pêche
Le BGG
La Potion magique de Georges Bouillon
Les Deux Gredins
Moi, Boy
Escadrille 80

chez Gallimard BD

Sacrées Sorcières
(*par Pénélope Bagieu d'après le roman de Roald Dahl*)

Le papier de cet ouvrage est composé de fibres naturelles, renouvelables, recyclables et fabriquées à partir de bois provenant de forêts gérées durablement.

Mise en pages : Maryline Gatepaille

Loi n° 49-956 du 16 juillet 1949
sur les publications destinées à la jeunesse
ISBN : 978-2-07-517952-2
Numéro d'édition : 550412
Dépôt légal : novembre 2023

Imprimé en France par
Normandie Roto Impression s.a.s 61250 Lonrai
N° d'impression : 2304427